おかわりは
急に嫌
私と『富士日記』

はじめに

最初に『富士日記』にふれたのは十代の頃だ。私は自分をゆるがされるのを敏感に恐れる子どもで、かねてから物語が苦手だった。物語は何かが起こらざるを得ない。主人公が問題に直面し、乗り越えて成長するのは自分の変革をもうながされるようで見たくなかった。いきおい小説はなかなか手にとれず、それで読書感想文を書くために選んだのが『富士日記』との出会いだったように覚えている。

日記を書く習慣はずっと持ったことがなかったから、暮らしをこんなに探求的に感じ取って書き残せるものかと驚いた。はっとしたり、つらい日の記録もあるけれど、どこかフラットなまま、没頭してどんどん読めるのが嬉しかった。読書量の極端に少ない子どもだった私のせめての読了本として、一時は好きな本を聞かれるとよく挙げた。こういう本もあるのだと、心強かった。

そのあともすがって読み返しながら二十代になった私は、『富士日記』が好きだから、リスペクトして『富士そば日記』を書こうと思うと友人に伝える。けれどそれは本気のようで冗談でもあって、結局、書かなかった。しばらくするとその友人が、書くといったのに書かないのはどういうわけだと怒ったのだ。なんと激しいことに、その後絶交されてしまった。二十五年ほど前の話だ。きっとどこかで元気にはしているのだろうけれど、友人の消息はいまも不明だ。

『富士日記』の印象的なパートを引用し、隣を歩くように勝手に足並みを合わせながら自身の体験を照らし合わせる。生活を素直に豊かに見つめるさまを全身で受け取り、名作をいっそう深く味わいたい。その目的で作ったのが本書だ。『富士そば日記』を書かないまま、時を経て『富士日記』にまつわる文を書けるとは思わなかった。

僭越《せんえつ》ながら、『富士日記』をこれから読む方への手がかりになれたらという希望も込めた。僭越ついでに勝手をして、各文章は日記の時系列ではなく、エピソードの印象を重視して並べたこと、ご了承いただきたい。

武田百合子（一九二五〜九三年）による日記文学の金字塔と言われる『富士日記』

は現在も中公文庫から上中下巻が版を重ねている。夫である作家の武田泰淳（一九一二～七六年）とともに富士桜高原の山荘ですごす様子を綴《つづ》った、昭和三十九年（一九六四年）から五十一年（一九七六年）にかけ書かれた日記集だ。

武田百合子といえば本作を代表に、随筆家として大変な人気を誇る。女学校時代から同人誌に詩や文章を投稿し、出版の仕事を志して出版社に入ったところ社長が経営する文壇喫茶兼酒場である「ランボオ」に勤めることになり、そこで泰淳と出会った。結婚後は文筆作品を発表することはなく、泰淳の死後、編集者に請われて日記を公開して大変な評判となり、以降、日記や随筆を発表した経緯がある。危なく埋もれるところだった作品であり才能で、経歴にふれると今でも新鮮にひやひやする。

日記は東京赤坂の自宅から山荘に車で移動するところから始まり、東京へ戻っていったん終わって、また山へ行く、その繰り返しで続いていく。

娘の花（一九五一～二〇二四年）や、山のふもとの街のガソリンスタンドの夫婦、原稿を取りにやってくる編集者や山荘に出入りする業者である石屋の外川さん、それに武田山荘の近くに自らも山荘を建てた作家の大岡昇平夫妻などなど、とりかこむ人々もいかにも登場人物かのように躍動する。それはそれは精密に、買ったもの、食べたもの、話に聞いたことが記録され、あいだを縫うように軽やかに、情景や状況に対する思わぬ観察が書き留められる。

個人的な生活の記録という意味で、「ただの日常」とか、「他人が興味を持つものではない」との側面もある日記が、きりっとして文学だ。その手応えそのものがここにはある。

絶交してどこかへ行ってしまった友人は、当時の私が創作に対してずっとくよくよしているのが見ていられなかったのだと思う。ほんのすこしの自信を頼みに、なにか物してみようと、思うばかりで踏み出さず、わかりやすく私はくすぶっていた。

『富士日記』に触れてなにか書くとは、まったくおこがましく恐縮するばかりだけれど、友人のことを思い出し遠慮などしてはいられないなと奮った。

『富士日記』のことが私は大好きなのだ。

目次

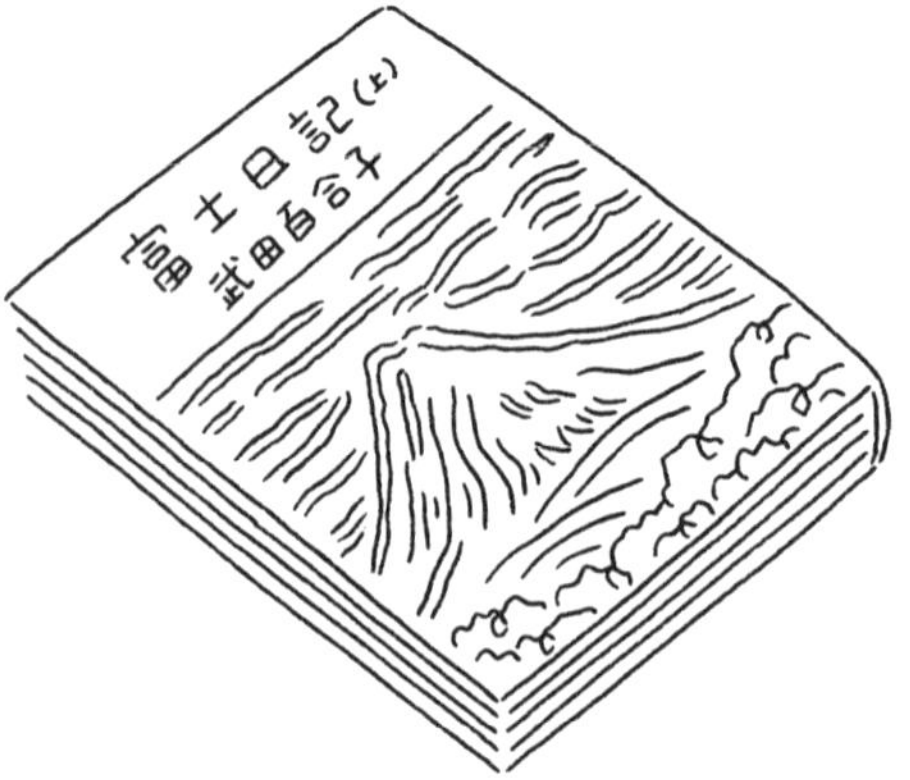
富士日記(上)
武田百合子

各篇冒頭の引用はすべて、
武田百合子著　『富士日記　新版（上・中・下）』
（中公文庫）に拠りました。
引用の末尾には、当該の日付を記し、
上中下巻をそれぞれ【上】【中】【下】で示しました。

おかわりは急に嫌

私は一皿食べたあと、二皿めを食べていたら、急にいやになって、残りは明日の犬のごはんにやることにする。「百合子はいつも上機嫌で食べていて急にいやになる。急にいやになるというのがわるい癖だ」と主人、ひとりごとのように言ったが、これは叱られたということ。

昭和四十一年四月十日【上】

『富士日記』のひとたちは炭水化物をよく食べる。ご飯は二杯も三杯も食べるし、この日、二皿目を食べていて急にいやになったのも焼きそばだった。

かつての日本の食卓は炭水化物が中心だったとはよく聞くから、おそらくそれなりに一般的なことだったのだろうとは思うが、こうして残される文章があざやかだと新鮮に驚かされる。ひらめくように満腹になる、満腹どころか嫌になってしまう、武田百合子のてらいないスター性を感じさせる重要なエピソードで大好きだ。

私は五人きょうだいの長子として育った。食卓には中央に大皿が出ることはほとんどなく、毎食おかずは銘々の皿に取り分けられて配膳される形式だった。取り合ったり、食べたがらず手をつけない者が出ないようにだろう。

そうやってずっと育ってきたから、大人になってふたりきょうだいを育てる側に回ってもうちの食卓では基本的に配膳は実家と同じ、それぞれの皿に盛り付けている。夕食は居間のちゃぶ台で食べる。息子がふきんできれいにふいたところに、私が盛りつけたご飯、お味噌汁、おかずを娘が運ぶフォーメーションが暗黙の了解でとられる。

そんな食卓で、ずっと気になっていることがある。それは子どもたちふたりが物心ついて自分で食事を口に運べるようになって以降、一貫してご飯もおかずもおかわりしないことだ。小学生の頃も、中高生になった今もずっと。

フィクションが描く子どもの子どもらしさである「おかわりー！」の掛け声が、現実の食事で発せられるかどうかは家庭によるところかと思うが、少なくともこの家では聞いたことがない。勝手に自分でおかわりを盛りに行く様子も見えない。

それでも食後に食べ足りなさそうなのだから、こちらから、ふたりの胃の状況を察知してできるだけちょうどの量を最初から盛るようになった。

子どもは物理として体を大きくしながら生きる。成長する。ただ体を維持する大人とはちがう。もうちょっと貪欲に食べてもいいのにと思うのだけれど、なんとなくおかわりをするのは違うなと思う気持ちもわかる。

おかわりには、実はあまりときめきがない。二杯目には最初の一杯目ほどの感動はなく、望んだはずが余分のように思われ、下手するとだんだんがっかりすらする。

家族でおかわりをするのは私だけだ。いつもなんとなく違ったなと思いながら食べる。急に嫌になる奔放さも持ち合わせず、喉がつかえてもぐっと食べきる。

なま身の善意

サンマを買った店のおばさんが、砂糖のついた小さいおせんべいを手に一杯つかんで、くれるという。紙もないので断ったが、上衣のポケットにじかにおしこんで入れてくれた。

昭和四十年十月六日【上】

近隣のまちの人々がさかんに登場するのが『富士日記』のひとつの特徴だ。東京の赤坂から通う武田家と、山梨県鳴沢や富士吉田の人たちのあいだには、純然に都会のひとと田舎のひとの違いがあって、本人たちもそれを十分自覚し、てらいなく受け止めてコミュニケーションをとっているように読める。

とくに上巻では店のひとからなにかしら貰う様子が頻繁に書かれる。大作家である武田泰淳の妻と知って、敬意から百合子に良く接する様子もあるが、東京からわざわざ来ている人だから、また、単純にお客へのサービスとして素直にもてなしているのだろう。

引用の個人商店のほか、なじみのガソリンスタンドの夫婦のくれっぷりはすごい。

> 山芋を買うと、おじさんは「タダでやる」といってきかない。わるいから、なめ茸の瓶詰二個、ごぼう味噌漬など、買ってしまう。すると今度は、おでんを二皿「タダでやる」と言う。タダで食べる。
>
> （昭和四十年十月二十五日）

と、とにかくタダでくれる。右はおじさんだが、その妻らしき、おばさんも同様だ。

おばさんは、羊かん三本、板チョコ三枚を花子（著者注：武田夫妻の娘、花の

愛称）の手に持たせてくれる。（昭和四十年一月五日）

夫婦してタダでくれるし、量が多い。いっときは集中的に「蜂蜜入りアイスクリーム」をくれて、おいしそうなものだから、読んでいるだけでうれしかった。多いだけではとどまらない、引用のとおり、おせんべいをじかにポケットにおしこんでくる荒わざまで出てくるからすごい。羊羹《ようかん》を手のひらに乗せて、もう片方の手にお茶を持たせてくれた、という記述もあった（昭和四十年十二月三日）。気づかいが、ここまであふれることが、あるだろうか。逆に気をつかわせないために、もてなしもセーブする計らいの感覚が発生する前夜の、なま身の善意がここにはある。

高校に入ってすぐの頃、学校の最寄り駅の近くにあたらしい商業施設ができた。一階に生鮮食品を扱うスーパーマーケットとフードコート、二階に衣料品店とレストランのテナントが入った、小さいモールだ。友人たちは入学してすぐにあちこちでアルバイトを見つけていた。とくにお金を使う目的のなかった私も、みんながやっているからと、はじめて応募したのがここのフードコートの店員だった。

いまのようにさまざまなジャンルのチェーン店が並んで入居するのではなく、ひとつの業者が麺類、お好み焼きやたこ焼きなどの焼きもの、アイスクリームとソフトクリームの甘味を一手にサービスする形態で、オープニングスタッフで入った私たちアルバイトはローテーションですべてのメニューの提供方法を習得するよう課せられた。

のだけど、私はあまりに不器用だし覚えも悪かったのだ。音を上げるまえに店側が耐え切れなくなり、いつの間にか、せめてぎりぎり覚えきれた甘味担当専任として落ち着いた。

甘味には、あんみつ、ところてん、フロート各種、それからソフトクリームがあった。ソフトクリームをうまく巻くのは結局誰よりもへたくそで、でも案外これを許さないお客さんはおらず、へたでもむしろ笑って受け取ってもらえた。

あるとき、私と同じ高校生だろうカップルがあらわれて、コーラの上にアイスクリームをのせるコーラフロートを一杯注文した。いつものように作って渡すと、黒い起毛のジャンパーを着た男が隣の女の金髪をなでながら「お姉さん、アイスクリームもうひとすくい足してくれない」と言う。「あ、はい。いいですよ」店からしたら困った店員だが、同じ高校生に対しひるんだり頭を下げたりしたくない意地で格好つけて逡巡《しゅんじゅん》なく即答した。

丸くアイスクリームをすくう器具でバニラアイスをひとすくいして、目の前のフロートにうかぶアイスクリームの玉の上からぐっと押さえつけるように足してのせて渡す。驚いて喜ばれた。世慣れたさまのカップルから、店員やるじゃんと、目くばせを受けて私はいい気になった。

そうしてこのあと私は、砂糖のついたおせんべいをポケットに押し込むごとく、子連れや人数の多いお客を選んではアイスクリームを追加したり、ソフトクリームを規定量よりも二巻き多くしたりする勝手な大盛サービスをはじめる。すぐにばれて、きっちり怒られた。

どちらも食べたいんですが

松田ランドで一休み。カニコロッケ、ライス付を二人とも食べる。今日は丁度ひるどきで四組ほど客があった。このまえ東京への帰りに寄ったときは、近くの飯場の人が、カレーライスとカキフライを注文していた。店の女の子が「カキフライにライスをつけますか」ときいたら、その人は、しばらく考えていて「ライスカレーについているから、そんなには食べられない」と答えていた。

昭和四十一年十二月六日【中】

一日は二十四時間あって、実はこれはすごく長い。起こったことぜんぶを精密に書きとめようとしたら日記は大変なボリュームになる。それを、それなりに長くても短くてもまとまった文章として書き記したとしたら、書いた人が書かれた事項を、作為であれ、偶然ただ覚えていたからであれ、選び取ったということにほかならない。

「カキフライにライスをつけますか」

「ライスカレーについているから、そんなには食べられない」

誰かが何かを聞かれて、しばらく考えて言った、それがこんなにもわくわくして愛おしくて可笑しい。おもしろい会話であることは間違いないけれど、その場ではそれほどわかりやすく味わいのある会話の様子ではなかったんじゃないか。店員が聞いて、まあそうだよなということを客がこたえた。きっとそれくらいだ。けれど、そのやりとりを見ていた人がへえと思って、そうしてあとで書く、最後の書く、で、なんてことない時間の価値と強度が爆騰する。

夕方買い物に出ると、駅前から続く商店街の唐揚げ屋は混んでいた。この駅のあたりは安価でおいしい総菜を売る店が極端に少ない。唐揚げ屋は数少ない総菜供給店の貴重なひとつとして住民から集中的に頼りにされている。

メニューは二種類のみ、塩味と醤油味の唐揚げで、注文のカウンターでどちらの味を何人前と伝えて会計してもらう。

これがいつも迷うのだ。三人家族とはいえ中学生と高校生がいる家で三人前で足りる気はしない。下手したら四人前でも足りないかもしれない。味付けもどちらを選ぼうか……などと今日も考えながら列に並んだ。しばらくして順番が近づくと、前のお客が店員にこう尋ねるのが聞こえる。

「一人前で、塩味も醤油味もどちらも食べたいんですが、できませんか」

一人前で、ふたつある味をどちらも食べたいのだこの人は。私ははっと顔をあげた。

「一人前のパックには同じ味しか入れられないんです。パックのなかで味がまざってしまうといけないので。両方の味をお求めでしたら、それぞれ一人前買っていただけないでしょうか」

よどみない店員のこたえまでは聞き取れたけれど、客がどうしたかは聞こえなかった。

結局私は塩味を四人前頼んだ。前の客に店員がしたアドバイスを参考に、塩と醤油を二人前ずつ頼むのもありだなとは思ったのだけど、量が多くなるほど割安になる値段設定だから味は一種類でこらえた。

注文のカウンターとキッチンだけ、テイクアウト専門の小さな店だ。会計をしたあとは、揚がるまで待つ客がカウンターの前に二重三重とたまって、DJブースを囲むオーディエンスみたいになる。

唐揚げは一度にたくさん揚がって、そのタイミングで待っていた客に一気に行きわたる。さっきの客が呼ばれた。渡された袋には二パック入っている。

昭和がめちゃくちゃ

春休みに、下の村から子供が野遊びにきて、テラスに置き放しのハシゴをかけて、二階の窓あたりをイタズラしていたので、ハシゴを保管しておいた。今度帰るときには、家の中に蔵っておくように。子供たちは昔からの習慣で野遊びにきて、野草を摘んでいくが、家があれば門にはよじのぼったり、開けたてしてみたり、テラスではさわぐし、ハシゴをみれば、それをかけて二階の窓からのぞく。春休みがすめば、もうこんなことはないと思う。ほかの家では、中に入ってかんづめを食べ散らかし、つぎの家に移って、そこも食べ散らかすという被害があった。

昭和四十二年三月二十九日【中】

引用は、山荘の管理所の人たちが保管していたハシゴを返すついでにしていった話。

昭和という時代がいかにめちゃくちゃだったかを、令和の世から噛みしめられるのも、この日記の魅力のひとつだ。子どもに対し、教育するでもなくハシゴを隠す方法で侵入を防ごうとするのはほとんど動物対策で、ここにコミカルが宿るのかとつい笑う。

とはいえ、めちゃくちゃだと思うのはいま読んでいる私が令和の世にいるからでしかない。めちゃくちゃだと感じる方の選択肢が発生したからそう思うのであり、当時は、「子どもというのはそういうもの」くらいの感覚一択だったのだろう。

『富士日記』は昭和三十九年から五十一年にかけて書かれた。私はそのあと昭和五十四年に生まれて、おおむね昭和五十年代の後半くらいからうすぼんやりと自我を持って世の中を見はじめた。昭和のラスト十年はそれなりに私にとっては自分事の時代だから、めちゃくちゃな昭和にも身に覚えがある。

小学校低学年の頃、父と妹と車で出かけた帰り、カーラジオで日食のニュースが流れた。すると、これはと思ったらしい父がマンションの駐車場に帰り着いたところで車のドアガラスをめりめり外した。ライターであぶってすすを付け、「太陽にかざしてごらん、日食が見られるよ」と私に渡してくれたのだ。観察したはずの日食の様子はまったく覚えていない。けれど、車のドアガラスを外すのも（いま思えばどうやったんだ、意味がわからない）、ガラスにすすを付けるのも、日常的なことではなかったからはっきり記憶にある。

大人になって子を持ってから、あの頃の父と同じように、私も自分の子に話題の日食を見せたいものだと、観察方法を検索した。それで知ったのが、太陽を見上げる際は必ず専用の日食グラスを使わねばならないということだった。そうでないとてきめんに目を傷めるという。してはいけない観察方法の一覧にばっちり「すすをつけたガラス板を使う」が入っているのを見て、笑えないが笑うしかなく笑った。これぞ、昭和の天然な雑さだ。

山の別荘地でやりたい放題するような、発散的なばんからは私にとっては身近ではなかったけれど、もっとミクロな部分でも、子どもは今にくらべてずっと向こう見ずだったように思う。

少なくない子どもが、誤って、または面白がってわざと皮膚を刺すことによって鉛筆の芯を体内に取り込んでいたのは、あれはまさに昭和の記憶ではないか。授業中にひまつぶしにカッターで手のひらを切りつけたところしっかりと傷になって、両手のひらに血をいっぱいにしてうろたえていた子もいた。

二〇〇〇年代に入ってから子どもをふたりもうけたが、彼らが小学生の頃、彼ら自身にも友人にもそういった怪我をした話は聞いたことがない。授業参観で学校に行っても、机に、玉にした消しかすをゴルフボールに見立てて沈めるための穴を開けたり、好きな歌謡曲の歌詞を彫刻刀で刻む様子すら、思えば見なかった。

今では厳しく罰せられる犯罪や、倫理的に考えられないハラスメント、さまざまなネガティブが昭和の頃にはまだまだカジュアルに近くにあって、いまはいろいろ、ずいぶんましになった。それと同時に、父が渡してくれたすすのガラスのような、よかれと思っての間違いや、決定的に因果の感覚がない子どもたちの意識、多くのめちゃくちゃが、ずいぶんと整理されたのだ。

日食の日、子どもたちのために日食グラスをネットで取り寄せた。真っ黒で、ちゃんと顔に沿うようにカーブしている。目にかざす息子は、なんだか未来の人みたいだった。

誰かの家はあいまい

六時、大岡さんのお宅へ。〔著者注：作家の大岡昇平がこの年、近くに山荘を建てた〕
ナポレオンという、ウイスキーだか、ブランデーだかを出して下さる。主人は大岡さんの家へ伺う前、ほうとうを食べながら「百合子は大岡のうちで酒をあまり飲んじゃいかんぞ。飲みだすと、ずーっといたがるからな」と心配そうに言った。〈飲んではいけないかな。しかしお断わりしては、もっとわるいことだ〉と思い、はじめてナポレオンというのを飲んでみたら、濃すぎて、濃すぎて、急に空腹となるほどであった。

昭和四十一年十月二十六日【中】

日記を書くとき、事象は細かく書かれていればいるほど鮮やかでいいんじゃないかと、私などは考えてしまうのだけど、この日記では、記憶のあいまいさ、把握の解像度の低さが、情景の再現性をまるで阻害しないのだから驚く。

引用のナポレオンがウイスキーだかブランデーだか不明であるところからはじまって、このあとも「川えびをむいてすり身にしてパンにつけたりして、何だか、とてもおいしそうな料理」や「スイスの何とかという鍋」と、理解の及び切らない景色が次々出てくる。

人の家では、状況の理解が自分の家にくらべてぐっと下がる。どこに何があるのかわからないし、一般的なものでない限りそれが何なのか知らない。

これから何が行われるのか起こるのかも家主が握るわけで、客人は正確には予想できない。過ごすうちに少しずつ少しずつ、状況に対する解像度を上げることになる。

そのあいまいを、しかし素直に活写するとこんなにも鮮やかなのだ。人んち独特のわからなさが、やけに魅力的にうつる。

子どもたちがまだ小さかった頃、子らの通う保育園で仲良くなった家族をよく自宅に招いた。店に入れば子どもがどうしても盛り上がって騒ぐ。飽きてごねるようなことがあれば、大人がどれだけ盛り上がっていても解散するしかない。親同士ゆっくりするには誰かの家に集まるのが一番らくだった。

　私たち家族の家はおそろしく狭い。けれどそれに慣れさえしてくれたら、あとは珍しいもののない家だから、お客たちはすぐになじんで気楽に過ごしてくれているように見えた。

　それでも、どうしても多くの友人がなかなか理解できずにいたのが台所の水道のレバーで、住んでいる者にとってはまったく難しいことではないのだけど、よその人がレバーを押すとほぼ確実に強い水圧で水が出てシンクで跳ね返って服がずぶぬれになる。

　レバーは私たちが入居する前の居住者が使っていたまま引き継いだものだからかなり古い。先端にあったはずの器具がひとつ失われていて、入居した時点で、百円ショップで買ったらしいノズルが補助として針金でくくりつけられていた。私たちもこれを正当に後継し、ノズルが古くなるとまったく同じものを駅前の百円ショップで調達して付け替えた。

　一度ずぶぬれになるとその日は学習してやわらかくレバーを押せるようにな

るのだけど、次来ると誰もが忘れてまたずぶぬれになった。

子どもを連れてこちらから誰かのお宅に遊びに行くと、今度は私にとって景色があいまいになる。引用の文章の続きには、百合子がトイレのスリッパを履いたまま出てきて歩き回っていたことが書かれるが、まったく同じ経験が私にも少なくとも三回はある。人の家に行ってついやる、これは普遍的な行動なのだ。

ナポレオンを飲んだら濃すぎて空腹になる、このたまらない飲酒体験も、よその家だからこその、地に足のつきそびれた感覚ではないか。武田家と大岡家の気の置けない間柄は、『富士日記』全体から伝わって読者にとってはご褒美みたいにしびれる。それくらい慣れた関係性でも、自宅で飲む酒と、人の家で飲む酒は別のものとして体に入ってくるのだろう。リラックスしながらも、自宅とは違う薄く緊張した状態で、酒は胃壁からじわじわ入って麻痺を誘う。よしあしではない、ただ純粋に妙な感じがする、そんな人の家で飲む酒の味には覚えがある。

娘が最近、テレビアニメの食事のシーンで、登場人物の自宅にもかかわらず食卓のカトラリーにレストランのように紙を敷いているのを見て驚いていた。

「こんな家あるの……!?」

「アニメだからおしゃれに描いているのだと思うけど……でもこういう家もあるとは思う」

「すごいね……」

それで、うちでも誰かの家のように、ぜひスプーンの下に紙を敷いてみたいと、娘は水道のレバーにつけるノズルを買っているのと同じ駅前の百円ショップで紙ナプキンを見つけて買ってきた。

夕食をカレーにして、スプーンの下にその紙を敷く。

なるほど、直にテーブルに置かない優美さは感じられたが、食後、この紙をどうしたらいいのかわからない。そのまま捨てていいものなのか。とりあえずみんな、口を拭いた。こうして、憧れた人の家を再現し、自宅にもかかわらずあいまいさに直面することもある。

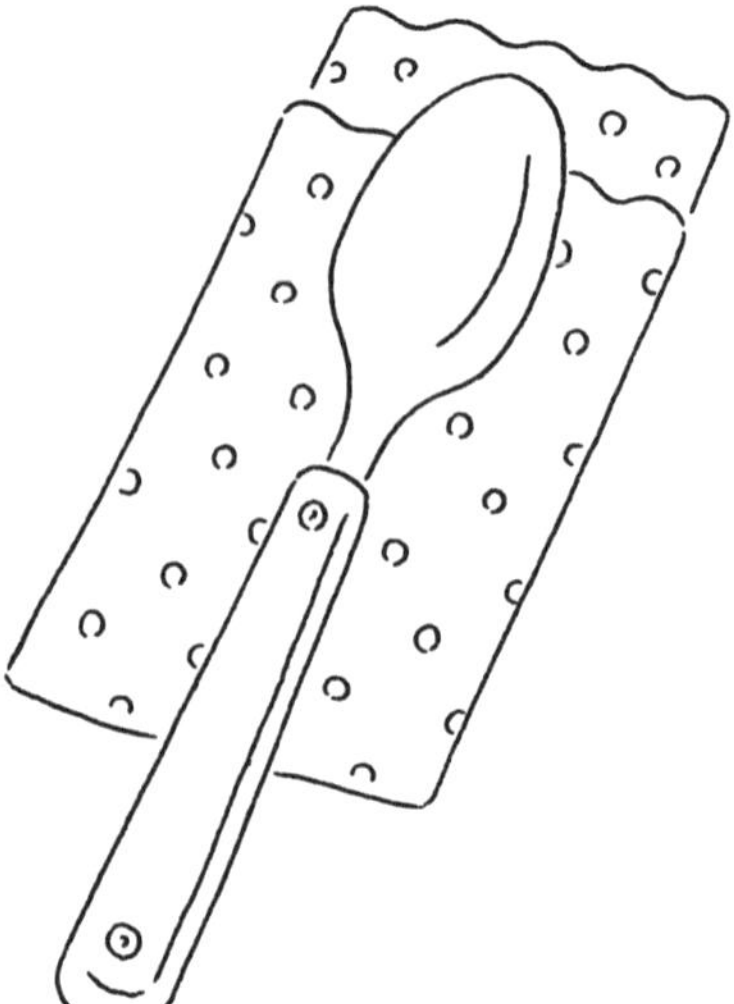

桃のおばさん

テラスの下に、赤い半袖シャツにモンペの女相撲の如き体格の赤ら顔のおばさん、急に現われて「もろこしを買わないか」と言う。背負い籠一杯のもろこしを持ってきている。そのうしろに、もう一人おとなしそうなおばさんも、背負い籠にもろこしを一杯入れて来ている。今もいできたばかりだという。十本買う。三百円。二本出来損ねをおまけにくれる。行商が来たのは、ここに家を建ててはじめてである。

昭和四十二年八月十四日【中】

『富士日記』は山荘の暮らしが遠くの非日常ではなく、圧倒的に日常の側にあるところが面白い。特別な日々として構うことなく、普段のように描かれる。

その線上には、山荘をとりまく地元の人たちも、その人自身の生活感とともに彩り豊かに現れ、それぞれのキャラクターを最大限に発揮して、日記を生活の記録として躍動させている。

山荘は隔離されるどころかむしろ開け放たれて世界と完全に地続きだ。行商のおばさんが登場するのは全体を通じて引用箇所だけだけれど、こういった、ふっとやってくる人たちにも、うしろにその人としての生活があることを妙にリアルに感じさせる。強い存在感がある。

祖父が戦後に長野の山に山荘を建てた。山荘へ行くには、アスファルトで舗装された山道を車で登っていく。別荘エリアに入り、個々の山荘の前の道まで分け入ると道は砂利道になる。砂利道の脇にくぼませて作った駐車スペースに車を停めて、うっそうと木々が立ち足元にはシダが生い茂る斜面をかきわけて行く。見上げると木漏れ日を受けどしんとした木造の小さな平屋があらわれる。

室内はかびくさくて、湿っていて、寒い。蛾がそこいらいっぱいに飛んで、屋根裏はねずみが走り回り（たまに台所にも現れる）、あちこちを蟻が這う。

とはいえ何しろここに来てしまえば涼しいから、暑いのが苦手だった祖母は祖父を亡くしたあとも七月になるとひとりで山に入って八月いっぱい帰ってこなかった。祖母は九十代後半まで生きたが、夏の暑さをまともにくらわなかったのが長寿につながったのではと、葬儀では親族のあいだで噂になった。

私が小学生の頃は夏にも冬にも出かけていった。夏は小屋周辺や近くの湖で遊び、冬は近くの坂でスキーやそりをする。

着物にモンペを着てかごを背負った「桃のおばさん」と呼ばれた女性が小屋に来たのがその頃だ。当時は毎夏現れた。かごにはよく熟れた美しい桃がたくさん入っていて、私たちはできるだけたくさん買ってほしくて母にねだった。

行商の女性はこの人ひとりきりで、ほかに誰かが来たことは、私が滞在したあいだは一度もなかった。だから、桃のおばさんのようにかごを背負って山小屋をたずねる商売があるのだという意識は子どもの私には無く、ただ、桃のおばさんという人が存在して私たちに桃を分けてくれるのだとそれだけのように感じていて、特別の人物だった。勝手に妖精のように思っていた。

桃のおばさんは桃のほかにお赤飯も持ってきた。おばさんの桃の美味しさがあんまり飛びぬけていたから、子どもの頃の私は赤飯にはほとんど興味がなかった。迎える祖母や母にとっては目先が変わって興奮する商品だったんじゃないかと思う。私が覚えていないだけでお焼きなんかもあったかもしれない。

山には高校に上がってから行かなくなった。それまで家族と一体だったスケジュールがひとり切り離されてバイトや部活にかわり、じわじわ生きる時間が自分だけのものになった頃だ。

祖母が亡くなったあと、山荘は両親が継いでなんとかメンテナンスを続けて使い続けている。私も大人になって子どもが生まれて久しぶりに目の前に夏休みと冬休みが復活し、山荘通いも再開した。今またあらためて、家族の場所として山荘がある。

桃のおばさんには、大人になってからは一度も会わない。毎夏山荘に通った祖母に聞けばいつまで行商にやってきたかわかるはずだが、祖母ももういない。『富士日記』に描かれた行商のおばさんたちは、私が覚えている大きなかごを背負った桃のおばさんの姿にかなり近い。時代としては十年は後になろう頃だけど、桃のおばさんも、もんぺを着ていた。てぬぐいのほっかむりをしていた。

おばさんの本物を見たのに、私は存在を妖精のようにとらえていた。『富士日記』に出てくる行商のおばさんたちのさまを読んで、そうだ、桃のおばさんも紛れもなく現実の人ではないかと恥じた。強く反省した。

桃のおばさんにも人生があった。だから、商売をよす日も来たのだ。

食い逃げを見る

駅は登山やキャンプの男女でごった返している。駅でそばを食べていると、改札口の中側から立喰いしていたハイキングの女の子二人が、金を払わないで、ホームの方へ行こうとした。そば屋の親爺はとても怒った。その怒り方があまりひどいので主人と花子おどろく。

昭和四十一年八月一日【上】

食い逃げを見たことがある。ややかしこまった、緊張した飲み会のあとだった。同席した友人と気軽に飲みなおそうと、一次会でずいぶんお金を使ってしまったから新宿歌舞伎町の安いチェーンの中華屋に入った。麺類や丼物、定食を食べるお客が多いけれど、我々のようにさっと一杯飲んでつまもうという客もいる。

これから働きに出る人も多いからか、客席全体にずいぶんもったりよどんだ空気が流れている。よどみを攪拌《かくはん》するように忙しくスピーディーに立ち働く店員たちとお客の様子が対照的だ。蛍光灯の照明ですべては明るく照らされ落ち着かない。爆速で運ばれてきた生ビールを飲みながらメンマとチャーシューを食べた。

入店したときからなんとなく気が付いていたのだけど、店全体のダウナーな空気をいっそう濃くまとったお客がとなりにいる。うつらうつら、ほとんど寝ながら、もやしのたくさん乗ったラーメンを食べていた。白髪のまざって伸びた髪があぶらで束になり顔を覆って、表情は見えないけれど、ぼてっとした背中がふうふう息をして少し苦しそうにも見える。倒れてしまわないか心配でちらちら見た。

友人はあまり他者を慮《おもんぱか》るところのないマイペースな人なのだけど、それにしてもちょっとは気になったらしい。私と同じように軽く視線を送っている。(大丈夫かな)と我々の間でも目くばせした。

そのうち丼の横に顔をぐらりと、バランスを崩すようにつっぷしそうになって、（あっ）と、思ったところで持ち返すようにぬっと上体を起こした。ゆっくり、背をまるめたまま立ち上がる。左右へぐらぐら揺れながら出入口へ向かうと、そのまま店から出ていってしまった。

動きはゆっくりだったのだけど、事が起こったのは急だったから私たちは状況が飲み込めず、あれ？　これってもしかして食い逃げなのかな？　店員さんに伝えるべきなんだろうか？　と頭には浮かんで、でも言葉になって口から出てこない。友人も同じ様子だった。

あわあわとあたりを見回すことしかできないままでいると、店員が異変に気が付いたらしい。ホールの数人で声をかけ合ったあと、すぐにひとりが外へかけていき、しばらくして連れて戻った。

レジの前に立つと背が高く体のぶあつさもあって、大きな人だとわかった。支払うお金はあるようだった。

店員は静かに連れ戻して、静かに支払いを受けて、そのまま静かに送り出した。怒りも諭しもしない。アルバイトの店員のように見えたから、何か言っても仕方ないし、お客の逆上に巻き込まれるようなことがあっては危険だ。

私もきっと、自分の経営する店で食い逃げされたら引用のそば屋の店主のように激怒するだろうし、自分の店ではない雇われた店で、しかも捕まえて客が支払ったのなら、まあそれくらいで勘弁するだろうなと思った。それから、自分が同じように食い逃げをしようと考えるまで追い詰められることがこれから来ることもあるかもしれないとも思った。


登山にまったくうとくて知らなかったのだけど、富士山の公式ページには登山の混雑予想のカレンダーというのがある。見れば開山中、七月の中旬頃から週末は大混雑が予想され、ルートによっては「前後の間隔がなく、しばしば立ち止まる」とある。

『富士日記』にも、生活のすぐとなりに富士山がそびえることで、作品全体から当時の登山をとりまくいわゆるオーバーツーリズムぶりが伝わる。登山客で駅から道路から人がぱんぱんに混む様子がたびたび書かれる。

登山道では同じ速度で歩けなくなった人が怒られたり、将棋倒しのようなことまで起きていたらしく大変だ。今のように事前に情報が得づらいだろうから、丸腰で来てしまい驚くこともあったんじゃないか。

押し寄せる登山客であふれてまるで制御できていないことが、もはやユーモラスに感じられてしまう。日記の筆致によるものとは思いながらも、混雑の難儀に悲壮感がなくどこかたくましい。

ハイキングの女の子二人の食い逃げも、ごった返す大混雑のなかでしれっと哀愁なく起きたように読める。書く手が、食い逃げよりそば屋の主人の激怒におどろいているのにもちょっと笑ってしまった。

おもしろいほど喜ばれない

朝ごはんの前に電報配達来る。去年も来た人である。河出書房文芸賞審査会の日取りについて、返信料つき電報。〔中略〕

鳴沢局で電報を頼むと、ウナ電にしても二十円だけ余る、という。「いりませんから」と言っても「それでは困る」と言う。お互いに困って、「タケダ」を「タケダタイジュン」として丁度二十円使いきって、相方とも安心する。

昭和四十二年九月十二日【中】

『富士日記』には、通信手段として頻繁に電報が出てくる。電報で送る文章として私の頭にうかぶのは、やはり「チチキトク　スグカエレ」だ。なにしろ至急の連絡に使うのだろうという印象がある。

武田家はその印象よりももう少しカジュアルに電報を使う。作家という職業柄と、出版社から離れた山荘に滞在することもその理由だろう。原稿の依頼や受け取り、来訪の延期といった知らせが届き、武田家側からはおもに原稿提出の遅延が発信される。

引用では、返信料付きの電報を受け取っている。そんな往復葉書のような電報もあったのだ。ウナ電というのは英語の至急電報の意味だそうで、

> 英語の"urgent"（至急）を意味するモールス符号の電報略号"u""r"が和文モールス符号では「ウ」「ナ」に相当する事に由来。
>
> （Wikipedia「ウナ」より）

と、あった。速達郵便みたいなものだろうか。調べてみるまで知らなかった。

武田山荘には最後まで電話はなかったようだ。たびたび管理所やガソリンスタンドから電話をかけている。

それで電話のことを調べて驚いたのだけど、電話機が申し込みをしてすぐに取り付け可能になったのは一九七八年で、全国への即時通話が可能になったのはその翌年の一九七九年らしい。なんと、私が生まれた年じゃないか。すっかりインターネットが発達しきった今をたゆたう身として、まあまあ最初から未来人として生まれてきたつもりになってしまっていたけれど、そんなことなかった。

とはいえ、私が大人になった二〇〇〇年頃にはもうWindows95も出てパソコンもインターネットもじわじわ普及し、ＰＨＳや携帯電話を多くの人が持っていた。至急の意味で必要があって電報を送ったことはさすがに一度もない。送ったことがあるのは祝電と弔電だけだ。

二十代の頃、一時期祝電に凝ったことがあった。

祝電というと、当時すでに結婚式場に送るくらいしかもう習慣としてはほとんど残っていなかったんじゃないかと思うのだけど、私は精力的に打ちまくった。誕生日、出産、転職、快気祝い、なんでもよくて、とにかくお祝いごとを聞きつけて、現場に祝いに行けないとなると勇んで身代わりに打った。

もともと子どもの頃から手紙を出すことが好きだった。書いたものが郵便というシステムに乗って指定の場所へ届く。自分の手を離れたものが物理的に移動することに興奮した。自分という実体の移動なくして、物体だけが動く。能力が拡張して遠くにこの手が届くようだ。電報は肉筆が届くのではないけれど、申し込むことで自分のメッセージが相手の手元に紙の状態で届くのに、同じ面白みを感じていたのだと思う。お祝いがあったら送ると、そう決めて数年は取り組んでいたのだけど、いつかついにやめた。

結婚式やお弔いの場と違い、一般的なパーティーには電報を受け止める体制はない。そういった場所に電報を送っても、電報は、はまらない（なんならお店にも相手にも迷惑だったろう）。自宅に向けて打てば、郵便受けには投函されないから、玄関に出て受け取る手間をかけさせてしまう。

さらに私は、どんなお祝いであっても、サッカーボールの柄の台紙を必ず選んでいた。どうだ、意味がわからないだろう。

利用していたのは確かＮＴＴではない、電報に特化した別の業者のサービスで、さまざまな柄の台紙が選べた。ウェディングや出産、卒業、進学など、用途のわかりやすい台紙のほかに、汎用性を考えた結果、これ、何に使うんだろうという状態に着地したらしき柄のものがいくつかあって、そのうちのひとつが、こちらに向かってサッカーボールがギュンと向かってくる迫力のある写真が使われたデザインだった。

これをお祝いに送るなんて謎めいていて面白いだろうと思い、どんなお祝いにも選んでいた。誰が結婚しても、誰が出産しても、誰の誕生日が来ても私はサッカーボールの電報を打った。

なんなのかよと、今では思う。

ちょっと考えればわかることなのだけど、おもしろいほどに喜ばれないのだった。

車のなかで食べなさい

車の中で食べられるように、ミートパイと鱒ずし、魔法水筒に紅茶を入れて用意してきたが、照子さん〈原注：竹内好夫人〉は、自家製サンドイッチとサラミを切ったものを、いちいち皆に見せながら説明して、持ってゆくように箱にいれて包んでくれた。

昭和四十年五月十七日【上】

『富士日記』はもともと公開を前提とせず、百合子が夫の泰淳にすすめられるまま、山荘滞在のあいだにノートに書き記していた。日記ではなく随筆でも書いてみたらどうかと言われていたら（大作家がそこを見誤るわけがないことは承知でのif文ではあるが）、この文章は書かれなかった。だから『富士日記』

のことを、日記でよかったと、なにか「危ないところだった」というように感じることがある。もし随筆や小説だったらこんな「そのままさ」で生活の記録は残らなかったかもしれない。

引用は、泰淳の親友である中国文学者の竹内好が山荘へ同行する朝の様子だ。出発が早朝であり、ミートパイと鱒ずし、それに魔法瓶に入れられた紅茶は、朝食として用意されたものらしい。

ミートパイと鱒ずしという取り合わせにしびれきる。

全体を通じ、作中の食事からは昭和四、五十年代の食文化がくっきりと伝わる。時代感からの興奮はもちろんベースにあるが、その時代性をさっぴいてなお、ミートパイと鱒ずしは味わい深い。

比べるとふつうに見える竹内家側のメニューも、サンドイッチに合わせて〝サラミを切ったもの〟を合わせるおつまみしぐさに、大人の遠足の感じがあってぐっとくる。

小学五年生の頃、埼玉県の秩父のちょっと手前に引っ越した。大宮や浦和のようなポップな埼玉ではない、本気の埼玉だ。

父母はともに東京出身で実家はどちらも東京だ。二時間半から三時間見れば電車で東京の祖父母の家へ行くことができるから、妹を連れて子どもだけで遊びに行くことがよくあった。帰るとき、父方の祖父はよく「電車の中ででも食べなさい」と、パンやお菓子を渡してくれた。

祖父は甘いものが好きで、最中とか、大福とか、おはぎをくれたこともあった。ありがたくうれしかったけれど、同時に電車の中で食べるわけにはいかないよなと、言われた通り食べながら帰れないことについて、祖父は何を考えているのだろうと素直かつ真剣に不明を感じたのを覚えている。

祖父はとくに深く考えず、孫に何か持たせてやりたい、万が一お腹を空かせては不憫《ふびん》だと慮ってくれたのだろう。

普段は在来線を乗り継いで帰るのだけど、いちどもらったお小遣いを奮発して特急の券を買ったことがあった。特急は指定席で、座席に小さなテーブルが付いている。私と妹は、この日も祖父に甘納豆の練り込まれた菓子パンを持たせてもらっていた。ここでなら食べられる。

そわそわ席に着くと、電車が動き出すのをなんとなく待って、パンを袋から出した。袋の中で少しゆがんだパンの表面にはたっぷりざらめの砂糖がのっている。かじるとぼろぼろとこぼれた。これを普通の電車で食べるのはやっぱり無理だ。

パンと一緒に、駅のホームで買った二百五十ミリリットル缶の午後の紅茶レモンティーを飲んだ。平成の初めのあの頃、私が一番好きだった缶飲料で、魔法水筒に入れた紅茶には及ばずとも、景色としてはもうちゃんと、懐かしい。

KIRIN
午後の紅茶
Afternoon
Tea
レモンティー
(甘さひかえめ)
無果汁

普通のところだ

竹内さんは長椅子から、あちこちを眺めまわし「おい、武田。来い来いというから、どんなところかと思って来たが、なんだ、普通のところじゃないか。ここは普通のところだぞ。普通だぞ」と主人に言った。

昭和四十年五月十七日【上】

ミートパイと鱒ずしを携えて出かけた同日の記述だ。先述した「そのままさ」は、『富士日記』で有名な、買ったものや食べたものの記録、地元の人々の話の聞き書きだけにとどまらず、やはり日記としての本分、できごとや会話においても発揮される。

この日の泰淳のさまはいかにもチャーミングだ。親友である竹内好の同行でテンションがぶちあがって、持ち前の遠慮ないアルコール摂取ぶりやせっかちなたちが明らかに生き生きとする。随筆作品としてまとめようとして書けるものではなく、日記だからこそ残る類のことだろう。記録の本領だ。

引用の、山荘に到着した際の竹内の発言も、エピソードとして書くのでは出てこなかったかもしれない。

近年の俗用で、「普通に〇〇」という表現がある。「普通においしい」「普通におもしろい」など、普通であること、平均的な水準であることをポジティブにとらえる言い表し方だ。

竹内好が山荘にやってきたのは昭和四十年。普通だ普通だと評したのは、おそらく一般的な用途としての普通、むしろこの頃はまだその含みがあった、取り立ててなにか言うことがないと、どちらかというと茶化すような意味合いで言ったのだと思われる。

それでもだ、この普通だぞ、には興奮があると私は思う。だって三回も言う。

「普通においしい」の「普通」の使い方は、二〇〇〇年以降多発しつづける人災や天災を受け、普通であることの価値が高まったから広まったという説があるそうだ。

竹内の発言を読んで、私はそれに合わせて元来、普通であること自体に人を興奮させる要素があるのではないかと感じた。なんてすばらしい！なんてひどい！があるのと同時に、なんて普通！が、もともと人間の感情にはある、そういうことなんじゃないか。

人間は、いたしかたなく過剰な生きものだ。つじつまの合わない余分な行動や発言を平気でするし、いつだって余計なことを考えている。片付かない部屋のように、ほうっておくと情報量をどんどん増やしてしまう。

それに対し、「普通」にはフラットさが含意されている。情報が整理され、落ち着いており、わかりやすい状態だ。

どうしても過剰になりがちな人間が普通でいるためには、強制的に高ぶりを抑えねばならない。普通であることにはむしろカロリーが必要なのだ。

無印良品やスターバックスがあれだけ流行するのは、圧倒的に普通だからだ。余計な可笑しみを盛らない、受け取る側に、思考するとっかかりを作らない。

人々は、ああ！普通だ！と、その地面の片付いた平らさに興奮しているのではないか。

私自身、普通が好きで常々普通を求めていると感じる。子どもの頃からずっと刺激の強いものが苦手で、あまりあちこち出かけたり、新しいものを見聞きしたりするのをおっくうがる。

刺激の少ないものから、ほんのちょっとの可笑しみをわざわざすくって静かに感激するのが好きで、普通こそを喜びたい気分がある。


小学生の頃、父方の祖父の持つ長野の山荘へ、父母ではなく祖父母が、私と妹のふたりを連れて行ってくれた夏があった。妹も私同様、引っ込み思案なところがあって新しい物事やはじめての場所に行くのを好まない子どもだった。祖父母は山荘の近くでできるアクティビティをいくつも提案してくれたのだけど、私たち姉妹はすべてに気が進まなかった。

観光地として開発された湖に行って湖畔のそば屋でそばを食べたあとも、優しい祖父は私たちを連れて周囲を歩き、あれこれ試してみないかと誘うのだけど、私たちの心はどうにも開かない。

「ゴーカートも嫌、釣りも嫌、ボートも嫌なのか」と祖父は驚いて、仕方がないから私たちは湖の周りをゆっくり歩いた。

暑い夏だったけれど、ここいらは高原でからっとして涼しい。風を受けて、湖面のゆれを見て、道端に咲いたあざみを摘んだ。

「これじゃあただの散歩だな、普通でつまらんなあ」と祖父が言うと、どういうわけか妹がはじけたように笑った。

人が死んだのか

明日忘れずにすること。
◎ぶどう酒一升を酒屋に忘れてきた。とりに行くこと。
◎便所のバカストーブの芯が少なくなってきて石油臭いので芯を替えに持ってゆくこと。

ひるまの朝日からの電話は、書評原稿の依頼であった。「至急、電話口に」ということだったので、人が死んだのかと思った。

昭和四十一年十二月二十九日【中】

『富士日記』ではいっとき武田家の身近なひとたちが立て続けに亡くなる様子が書かれる。並行して、ニュースで知った水難事故や交通事故の記録をとる文章もあって、こう言ってしまうと軽薄だが実際として、読んでいるとよく人が死ぬ。

山ですごす、静かで隔離的な日々の暮らしのすぐそばに死の予感があって、「至急、電話口に」という連絡に人が死んだのではないかと疑う一文は小気味よくもひどく現実的だ。

朝まだ目を覚ます前に電話が鳴った。起きて出ると、祖母が死んだ知らせだった。

その数か月前に、介護者である母から、寝て起きてはしているけれどそれにしてもあまりにも食べられていない、お医者もとくにできることがないと言っており、もしかしたらそろそろかもしれないと伝えられていた。

祖母が疲れない程度にあいだをあけて少しずつ子や孫、ひ孫が祖母の入居する施設へ行き、部屋で休む祖母を見舞った。私も行って手を取った。祖母は明らかに老衰し体が自由には動かないようで、でもゆるく起こした上半身でテレビの画面を眺めてとらえて、流れたＣＭの演出を「不思議な映像ね」と言ったのだった。家で掃除機をかける女性が、おそらくピアノ線のような見えないワイヤーで吊るされて宙に浮くように映されたものだった。

だいたい覚悟はできていたから、着信した電話番号が父母とともに実家に住んでいる妹の番号だったのを見て、もうなんとなく、ああ祖母が旅立ったのだとわかった。

早朝の電話の訃報の経験はその一度きりなのに、以後は誰かから朝早くに電話がくると人が死んだのではないかと思う。先日朝食を食べていたら母から電話があってぎくりとしたが、夏休みの予定の問い合わせだった。

大人はいつもほんの少し、誰かが死んだのかもしれないと思う気持ちを抱えている。


食べたもの、買ったものが忘れず記録されているのは『富士日記』の大いなる魅力であり、私などはたまに寝る前にその箇所だけをつまんで読む遊びをするくらいなのだけど、ToDoリストもまた味わい深い。

引用の箇所では酒屋にお酒を取りに行くことと、ストーブの芯を取りかえるという、私には聞いたことのない用事が書いてある。炊事、掃除、洗濯だけではない、名前のつかない細かい仕事の総体が家事であるとはよく言われるが、このToDoはまさにそれそのものだ。

名前のつかない家事は不憫だ。請け負う本人がそもそもそれを仕事と認識しておらず、対応してしまえば本人も家族も作業のことをすっかり忘れて、静かになにごともなかったかのように正常な生活の営みがあらわれる。

名前をわざわざ付けなくても、せめて書くことで見えない家事の姿を示しておくことは、人間のためかもしれない。

明日忘れずにすること。

・だましだまし使っているワイヤレスマウスの電池をいいかげん取りかえること。

・駅前のスポーツ用品店に注文した娘の体操着を取りに行くこと。

・近所のスーパーがネットスーパーをはじめるらしい、手数料など詳しく調べること。

トンネルを走るお風呂

中央道をすれちがう車の窓硝子や車体の照り返しがキラキラと眩しく痛い。もう夏である。いくつかのトンネルに入り、トンネルの中に続いて灯っているみかん色の灯を浴びると、私はお風呂に入っている感じがする。主人は外国にいる感じがすると言う。私は、少し病気のところがあるときに、お風呂にじっと入っている感じがする。

昭和四十四年五月八日【中】

山荘やその周辺での様子が綴られながら、赤坂から鳴沢村への車での移動の様子が活写されるのも『富士日記』のみどころだ。運転は百合子がする。泰淳はいつも助手席で缶ビールを飲んでいる。

交通事故や車の故障、悪路での走行など、トラブルに見舞われることもたくさんあるし、道中眠気と戦ったり、足に不調を抱えながら根性で運転したりなんてシーンもある。愛犬のポコに大変なことが起こるのも山荘へのドライブ中でのことだ。

実はドライブ日記でもあるなかで、車での移動の景色を書くとして、こんなことができるんだと、まさかと思わされるのが引用箇所なのだった。

もともと公開するつもりのない文に、これほど精密さをともなった詩情を発揮できるものなのか。しかも、日記で。

近頃はLEDのものも増えているが、かつてはトンネルの中に続いて灯るあかりはナトリウムランプのみかん色だった。高速道路の無骨なトンネルにあって独特にあたたかい。前に向かって速く走る車に置いていかれるように、ひとつひとつの光がリズミカルに後ろに流れるあのさまは思えばなるほど詩的な情景だ。それを、お風呂に入っている感じがしてしまうのはすごい。「病気のところがあるとき」というのも、閉じた内向的な気分であって、自家用車のプライベートな個室性をこれ以上なく表している。

狭い車がさらに狭いトンネルに覆われる。閉じ込められてぬるい空気を感じる。お風呂が走り抜けていく。

大人になってからずっと、東京の都心で暮らしており、ありがたくも公共交通機関に不便がないことから車を持たずに生活してきた。運転免許の取得以来、一回しか運転しないままなんと二十五年が経ってしまった、本物のペーパードライバーだ。レンタカーを運転するようなこともまったくない。

子どもの頃は家に車があって、父が運転してあちこち連れていってくれたから、自家用車には小さな子どもとして乗車したままの気分が今もずっとある。

夏と冬には家族で神奈川の自宅から長野にある祖父所有の山荘に行った。短いトンネルはあっけなくてつまらないけれど、走っても走っても出口が見えない長いトンネルはそれはそれで不安だった。あまりにも抜け出せないから、目的地に近づいていないような、嘘のような気がしてくる。無闇に無限に走らされている、終わらない気持ちだ。周りに並走する車がたくさんいることに、ぎりぎり現実を感じた。

子どもの私にとって、自家用車は「動く部屋」だった。自宅の一室が私を乗せてどこかへ連れていってくれる、そんな気分をわざと感じようとした。後部座席できょうだいと一緒に丸まりながら、外の景色はあえて見ずに、車が前へ前へ進むGを味わう。できるかぎり部屋のようにすごしたくて、本を読んだり眠ったり試すのだけど、乗り物酔いがひどい子どもで、すぐに気分が悪くなってしまうのが悔しかった。

乗り物は、私は動かないけれど動いているのがおもしろい。公共のバスや電車よりずっと、空間がパーソナルな自家用車にそのおもしろみを感じる。好き勝手な姿勢でいる自在な状態で、私が運ばれていく。

車に部屋を感じたい私は、本当はもっと広いといいなと思っていた。家の車は一般的なセダンで、後部座席にぱんぱんに妹たちと三人で乗る。横になって手足をのばしてごろごろできて、なんなら敷布団をしいて枕に頭をのせてかけ布団をかけて眠ったり、テレビが観られたり、もっと部屋のようだったら、そのままの姿勢で運ばれることがずっとおもしろくなるのに。

大人になってから、高速バスの高級なシートや飛行機のファーストクラスのフルフラットのシートを見て「あの頃やりたかったの、これだ！」と、幼い私の夢がシンプルで一般的な贅沢だったことにちょっと失望して笑ってしまった。

泰淳がみかん色の灯を外国にいる感じだと言ったのは、どういうことだろう。竹内好とのロシア旅行がこの翌月からだから、ロシアのことを考えていたのか。最近、夜に東京タワーを間近で見あげる機会があった。輝く東京タワーはトンネルのあのあかりとほとんど相似してみかん色だった。ぎりぎり、外国にいる感じがつかめそうだ。

まずいたべもの

談合坂食堂で。カレーライス（主人）百五十円、三色弁当（私）三百五十円。この三色弁当のまずさ!! 卵の部分は無味、ひき肉の部分は味はあるが、その味がまずい!! 犬の肉ではないかしら。これをとって食べるものはバカである。三色弁当というのは、デパートの食堂で食べても、デパートの食堂の中にまた区切ってある特別お好み食堂で食べても、私が作ったのを食べても、大体のところ味はちがわないおいしいものなのに。長い間三色弁当にもっていたイメージは狂った。

昭和四十五年六月四日【下】

『富士日記』には、まずいものが出てくる。

昭和にあって、令和にないもの、そのひとつが外食におけるまずい食べ物じゃないか。

口が肥えた人であれば令和の世でも「これは美味しくないな」と感じることはあるかもしれない。とはいえ、味付けや加熱に不備があるとか、口に合わないとかを通り越して、ずばり「まずい」とまで言わねばならない食べ物は、外食では今やそうそう飛び出すものではないように思う。

それにしても三色弁当のこき下ろされ方ときたら過激だ。「!!」も力強い。ここまでのものが、この時代は手に入ったのだ。

ちなみに泰淳は同じ食堂でカレーライスをとっている。「カレーライスはどのだって大体同じ味」らしいのだけど、にもかかわらず実はこれ以前に同じ食堂でまずいカレーライスを食べたエピソードもちゃんとあるから油断できない。

私は料理が得意でない。外食ではまずさに立ち会うことはほぼないものの、残念ながら美味しいとは言えない食べ物をこの手から生み出してしまうことが、ある。

料理下手が料理をするときに心がけねばならないのは、レシピに忠実に作ることだ。よかれと思って勝手なことをしたり、都合で勝手なことをしたり、なまけて勝手なことをしたり、とにかく勝手なことをするとどんなに簡単なレシピでも失敗する。身に染みてわかって心がけてはいるのだ。けれど、どうしてもよかれと思うし、都合があるし、なまける。

先日は鶏のもも肉を使うレシピを探していて、これはおいしそうだと、冷凍庫にストックしてある肉をまる一日かけて解凍した。いざ調理しようと、肉を取り出したらもも肉ではなくむね肉だった。

ここでちゃんと「あちゃ〜、仕方ない、むね肉の別の料理を作ろう」と引き返せる、その力こそが料理が上手であるということそのものだ。料理は、味覚が鋭いとか、手際が良いとか、レシピや材料や調味料のことをよく知っているだけではうまくできない。料理上手とは、態度のことだ。食べることが好きで、料理が好きで、ちゃんとした料理を作ろうという気概にあふれている、それが料理が上手いということだ。

私は態度が悪い。

見て見ぬふりをして、平気でもも肉を使って作るべき料理を、むね肉で作った。むね肉だから片栗粉をまぶしておこうとか、そういう工夫もしない。結果、もも肉で作るために最適化されたジューシーに仕上がるはずの料理とは、まったく違うものができあがった。

食べてみると、まずいわけではない。味付けはレシピ通りでさすがにちゃんとしている。むね肉独特のぱさつきや硬さはどうにもならなかったものの、肉自体のうまみはちゃんとあって食べられる。

店で出てきたらびっくりするけれど、家庭でクローズドに食べる分にはこういう日があってもいいんじゃないかという程度には仕上がった。

料理が下手とはいっても、所詮この程度だ。まずいものはなかなか作り出せるものではない。

いよいよ三食弁当の味が気になる。食べるものがバカだと思えてくるほどの弁当だ。

#「わざわざ」以前の瓶ビール

十一時半下る。ビール三打の空きびんを積む。トヨセットの石油ストーブの芯の入れ替えのため、タンクだけのせる。富士山は四合目まで雪。キラキラしている。〈中略〉

次にビール屋に行く。ビール三打とさつまあげ二枚、ハイミー、豆腐、苺ジャムを買う。四千九百五十円。

昭和四十年十二月一日【上】

『富士日記』のひとたちはビールを（そのほかの酒もだけれど）めちゃくちゃに飲む。泰淳が常に飲むし、百合子も飲む。誰かが山荘にやってくるとまずビールを出し、よその家に行ってもすぐビールが出てくる。機会が多い、量も多い。

買い物と食事の内容がつぶさに記されているおかげで、山荘へどれだけの量のビールが運び込まれているか、読者は目の当たりにすることができる。ビールは基本、打（ダース）単位で買い込まれる。

缶ビールも瓶ビールも出てくる。缶ビールが登場するのは泰淳が車の中で飲むときが多く、山荘内で飲む様子もあるにはあるけれど、家で飲む分はだいたいが瓶と思われる。

私は昭和五十四年、『富士日記』のあとの世界ではあるけれどそれなりにまだしっかりと昭和のうちに生まれた。子どもの頃は自宅に普通に瓶ビールがあった。

父は酒が好きで毎日必ず晩酌をした。瓶ビール、あれは中瓶だったのか大瓶だったのか、栓抜きで栓を抜いてグラスに注ぐ。ビールを飲むのはもしかしたら夏だけだったかもしれない。自宅で瓶ビールを飲む父がいる景色は、夏の記憶だ。

テレビではナイターが流れる。父のひいきは読売だ。当時暮らした団地は隣がゴルフの打ちっぱなしの練習場だった。窓の向こうに暮れていく日のなかに、ぼんやりと照明で照らされた練習場のネットがうかびあがる。私たちきょうだいはスイカを食べる。

子どもにとって、ビールはおもしろい。グラスに注ぐと液体の上にもこもこと白い泡の層ができるのを真横からじっと見た。私が側で見ていると、父は瓶を栓抜きでカンカンと叩く。すると泡の膜が瓶の首をじわじわと上がってくる。やがて、瓶の口のところで盛り上がってはじける。私も叩いてみるのだけど、不思議とこれがうまくいかないのだ。

家族の食事は終わったあとで、つまみに母はたたみいわしをよく焼いた。しらすを平べったくのして板状に固めたやつだ。ねだると少し割って分けてもらえる。しょっぱくて香ばしい。

真夏でも日が落ちてからは暑くなかった。窓を開けて風を入れた。こうして書くと、絵に描いたほとんど嘘みたいな昭和の夏の景色を私は経験したのだ。

母に聞いたところ、あの瓶ビールは酒屋に頼んで配達してもらっていたらしい。そういえば黄色いビールのケースがいつも家にあった。昭和のぎりぎり終わりあたりのこと。

それから四十年、私はビールが好きな大人になった。家でも外でも酒といえばビールしか飲まない。外でビールを飲むとなると、生ビールを出す店が多い。瓶ビールしかない店ではよろこんで瓶ビールを頼むし、生ビールと瓶ビールの両方を揃える店がある場合は、なんとなく瓶ビールを選ぶ。

瓶なら数人で分けあえて、お酌をしても手酌でも一本を一緒に飲むことで関係を近くするのがおもしろい。瓶ビールには冠婚葬祭の気分もあって、そこにいる人にちょっとした親戚のような親密さを感じさせる。

と、わたしは粋がっていたのだけど、あるとき生ビールか瓶ビールか、選んで瓶ビールをとろうとしたところ、一緒にいた友人に「瓶ビールって、おしゃれですよね」と冷やかされて愕然とした。そうか、瓶ビールは、もはやわざわざ選ぶものであり、しゃれたものなのかもしれない。これは喝破だなと感心してうなった。

いつかの正月、親戚が紙のケースに入った瓶ビールを贈ってくれた。銘柄はサッポロの黒ラベルだったか、キリンの一番搾りだったか。わっと喜んで、台所のテーブルに置いたら思った以上にしっくりくる。もう何十年も自宅に茶色い瓶ビールがあるのをみることなんてなかったのに、珍しく感じないのは父の晩酌の様子が記憶に刷り込まれているからだろう。おしゃれというよりは、これはこれで、自然だったように思う。

最近実家に行ったら、父は生ビールを飲んでいた。家庭用の会員制生ビールサーバを契約したらしい。プロ野球は、埼玉県に暮らした時期を経たことで、今は西武を応援している。

『富士日記』として収録される最後の日記にも印象的にビールが登場する。このとき泰淳は病床にあり、酒は飲めないのだが、「かんビールをポンとぬいてスッとのむ」(昭和五十一年九月二十一日)と家族にせがむのだ。

ポンとぬくのは缶というよりずっと瓶ビールっぽい。缶になってもビールのイメージは瓶だったのかなと、シーンのさみしさ、やりきれなさは置いて、むしろどうでもいいことを考える。

重いふかしパン

夜　ふかしパン、やき肉、きゅうりといかの酢のもの、スープ。ふかしパンの中に、主人のだけ、ベーコンを細かく刻んでまぜてみる。

昭和四十年八月二十四日【上】

ふかしパン、というのがよく出てくる。

朝食に食べそうな食べ物だけれど、朝は食べない。昼や、たまに夜に食べる。買うのではなく、どうも作るらしい。ベーコンや芋を混ぜることがあり、翌日に備えてこしらえる様子も描かれる。

買い物一覧に「ホットケーキの素」が頻出するから、この素を使って作るのかもしれない。ホットケーキの素で作った生地は、焼かずに蒸すと蒸しパンができる。

ちなみにホットケーキも『富士日記』にはちょこちょこ出てくるメニューのひとつで、ふかしパン同様、朝ではなく昼や夜に食べられるのだった。ホットケーキとお好み焼きを一枚ずつ昼に食べる日もあって、自由だ（昭和四十四年九月二十四日）。

説明されないからこそ気になる妙なおいしそうさが、ふかしパンには充満している。引用の日はふかしパンにやき肉と酢のものを合わせるのも意外でいい。

蒸しパンといえば母方の祖父を思い出す。

祖母が先に亡くなって、一時期祖父は叔母に助けられながらひとりで暮らしていた。都会住まいで買い物に困ることはなく、食事は自宅の近くにあるスーパーやコンビニで好きに買って食べていたようだ。袋に入って菓子パンコーナーで売られる蒸しパンが台所に常にあった。

遊びに行くと祖父は強めにすすめてくる。「こんなの軽いんだから、食えよ」というのが蒸しパンを手渡すときのいつものセリフで、祖父は蒸しパンのことを、そのふわふわした食感から食べてもなんら人体に影響しない空気のようにとらえているところがあった。

朝行っても、昼行っても、夜行っても、食前でも食後でもかまわず蒸しパンをすすめてくれる。

けれど、どうだろう。蒸しパンというのは案外軽くない。とくに菓子パン系の蒸しパンは重量的にもどっしりしており、ふわふわ食感なのは確かとはいえ、むちっとした密度がある。油っけもある。むしろ重めのパンだと思う。

祖父がひいきにしていたのは木村屋總本店の透明の袋に入ったもので、調べてみると祖父が二十五年くらい前によく手渡してくれたのと同じとおぼしき商品「ジャンボむしケーキプレーン」は現役で販売中のようだ。

カロリー値も公開されており、四三七キロカロリーとある。

高い！

カロリーについて熟知しているとは言えないのだけど、どうだろう四三七キロカロリーというと三、四個食べれば成人女性の一日に必要なカロリーに届くくらいにはなってしまうんじゃないか。祖父のすすめる勢いは一個にとどまらず数個に及ぶこともあった。軽いわけないとは当時の私も察しており、ありがたく受け取って半分くらい食べて残りは持ち帰ることが多かった。

そうして思い返すと、祖父自身が蒸しパンを食べていた様子を、私はついぞ見たことがない。主に孫や来客にすすめるために常備していたのだろうか。祖父は私が幼い頃からさらに老いて亡くなるまで体型が一貫して一定だった。痩せることも太ることもなかったように思う。蒸しパンを空気のように食べていたとは思えない。

武田家のふかしパンはひき肉を混ぜることもあったらしく、菓子パンとして売られる蒸しパンとはもしかしたらちょっと様子が違うかもしれない。どちらかというと、中華料理的な蒸しパン、花巻みたいなものか。花巻は二次発酵までさせる必要があるから、ホットケーキの素で作る蒸しパンに比べるとだいぶ手間はかかる。

「昭和　蒸しパン」などで検索すると、発酵させない、ホットケーキミックスやベーキングパウダーを使って膨らませるレシピが多くヒットする。どうなんだろう、やはりこっちか。

武田夫妻は『富士日記』に描かれる山梨県の鳴沢村と東京の自宅である赤坂の二拠点で生活した。これはなんてことはない、偶然でもなんでもないただの事実なのだけど、祖父が死ぬまで暮らしたのも赤坂だった。

いかにもマニュアルのなさそうな

鳥居上の電気器具屋で掃除機直し代千五百円。掃除機をとりに行ったら店の主人は居なくて、おかみさんが出てくる。愛想はいいが、掃除機のパイプを丸めてくくっておいた紐をそのままにして渡してくれれば運び易いのに、わざわざじいっと紐を眺めていてから解いて、紐だけ自分のポケットにしまってしまった。私がうちから結んでもっていった金色の紐なのだ。ヨクバリ!!　ケチ!!

昭和五十一年七月三十日【下】

昭和の時代の人々のコミュニケーションは今に比べて人間的だとか、そんなどこかで聞いたようなことはできるだけ言いたくないのだけど、こうして思わぬ人間味を味わわされると参ってしまう。

『富士日記』には富士吉田や河口の商店の人たちがよく出てくる。ガソリンスタンドも、酒屋も、八百屋も茶屋もみやげもの屋も、書かれずともチェーン店はなく個人の商店だと伝わる。

接客は個々の性格と裁量の上で行われ、まるで均一な様子がない。愛想のいい人がいて、悪い人がいて、気前の良い人がいて、そうでもない人がいる。紐を盗んだり（？）もする。店員の態度に機械的な部分が一切なく生々しいのが、かつては普通のことだったのだなと思わされる。

研修やマニュアルの存在が当たり前になってからの時代をもうずいぶん生きて、ちょっとこの感じは忘れていたなあなどと、呑気《のんき》にとぼけながら、いや、平成や令和にだっていかにもマニュアルのなさそうな接客を受けることはそれなりにあるなと思いなおした。

近所の商店街には昔ながらの、履き物屋と言ったほうがしっくりくる靴屋がある。陳列されるのは多くがつっかけタイプのサンダルで、もともと草履の店だったのではないか。

ここが、サンダルを売るついでに靴の修理と包丁研ぎをやっているのだ。古く黄ばんだカレンダーの裏らしき紙にマジックでその旨が書かれ、何重にも貼られた、かぴかぴになったテープで張り出されている。

基本的に店番は店主らしい高齢の男性で、この人が修理も包丁研ぎもするのだと、このあたりで生まれ育った友人が教えてくれた。靴の修理はあまり頼んでいる人を見たことがないけど、包丁研ぎは以前から人気らしい。

それで一度頼んでみたら、ぜんぜん切れなくなってスライドさせて使うタイプの砥石《といし》では切れ味がまるで復活しなかった肉切り包丁がすぱすぱ切れるようになった。受け取りの際には、次回使えるサービス券もくれた。手書きの文字の「〇〇靴店　五百円サービス券」をコピーした、B６サイズの、券というよりチラシのようなものだった。

包丁研ぎは一本七百円だから、この券を使えば二百円でやってもらえてしまう。個人のお店でそんな大胆なサービスをしていいのかなと思いながら、喜んですぐにもう一本、三徳包丁を持って行って、サービス券を使わせてもらえるものでしょうかと聞くと「はいはい、大丈夫ですよ」と言う。

けれど、数日後にとりに行くと「この券を使われちゃうと儲けが出ないから、七百円」と自由自在なことを言われたのだった。

なんというか、まあそうだよなとも思ったから、「ですよね」と言って七百円出した。

この商店街には、別々のまんじゅうの店が、どういうわけか二軒ならんで建っている。まんじゅうが土地の名物というわけでもない。

向かって左側の店に入って一袋買うついでに何気なく「隣もおまんじゅう屋さんなんですねえ」と話しかけたら、もともと愛想のない女将さんにいよいよぶっきらぼうに「そのお話にはお答えしません」と言われた。

コンビーフは今もある

九時半ごろ、女二人、男二人、N村の植木屋が上って来る。お昼にコンビーフとお茶を持って行くと、門の石垣に腰を下ろして食事をしていた。ほうれん草のおひたしが弁当箱に一杯、たくわんが弁当箱に一杯、ぎっしり詰っている。ごはんがビニール布の上にパカッとあけてある。十時のお茶のときは、袋に入れた茹でじゃがいもに塩をつけて食べていた。それがとてもおいしそうだった。

昭和四十七年四月二十三日【下】

最近の再読ではじめて、ずいぶんコンビーフを食べるんだなと気がついた。炒め物やスープに使ったり、〝うどんバター炒め〟に入れたり、コロッケの具にすることもあるけれど、食事の一覧では単体でコンビーフとだけ記載されることのほうがずっと多い。

たとえば上巻、昭和四十年七月二十四日。

朝　ごはん、ひらめ煮付、のり、うに、コンビーフ。

下巻まで時間をすすめても、コンビーフはすっとそのままメニューにあらわれる。昭和四十六年七月十五日。

夜　ごはん、コンビーフ、たたみいわし、おひたし、清し汁。

おつまみとして食べている様子も見られる。実際、来客にお酒と一緒に出すシーンがあって、引用のとおり業者さんのお茶うけとしても出てくる。

コンビーフの缶詰はスーパーに行けば今でもどこでも売っている。ユニークな広告がSNSでバズったり、高級なコンビーフというのがあって売れていると聞いたこともある。二〇二〇年にあの、鍵を使ってくるくると巻きとって缶を開ける仕様から、アルミの蓋を剝がすタイプのパッケージに変更になった際も話題になった。廃れた食文化ではけっしてない。

けれどどうだろう、コンビーフというのは、ちょっと懐かしいもののような気分が、私にはある。単純に子どもの頃にこそ、よく食べたからだろうか。

私の生息圏内では、今も昔もコンビーフといえばノザキの、枕缶とよばれるらしいあの台形の缶詰が一般的だ。かつては実家に常備されて、母はよくオムレツや野菜炒めに使った。

贅沢なことに当時はあまり好きではなく、同じ缶詰ならツナのほうがいいのにと思っていた。短い繊維状にほぐされた独特の食感がふしぎに口内でけば立つように感じて苦手だった。母があまり買わなくなったのだろう、いつからか食卓に登場することがじわじわ減って、実家を出てからは、すすんで自分で買ったことは一度もない。私が買わないからそりゃあそうかもしれないのだけど、高校生と中学生の子どもは二人とも、コンビーフを知らなかった。

ノザキのサイトには、コンビーフの生産量のピークは一九七八年（昭和五十三年）とある。『富士日記』の世界の少しあとだ。当時はコンビーフがもりもりと食品としての立ち位置を確立しはじめていた頃だった。昭和の時代に一番の盛り上がりを見せていた食品であることは間違いない。

先日、近所にセブンイレブンが開店した。コンビニだから同じ店舗のチェーンに行けば並ぶ品は同じだけれど、ぴかぴかの店内には、それでもそれなりの興奮がある。

せっかくだからと、じっくり眺める。ああ、そういえば、セブンイレブンというのはパン売り場の棚だけ木が使われているよなあとか、アイスコーヒー用の氷の入ったカップを専用のケースに入れて売るよなあとか、普段はあまりちゃんと売り場を見ないだけに、改めて独特のセブンイレブンらしさみたいなものが見えてくる。

そんな新しい店内に、コンビーフがあった。缶詰コーナーに、あった。

コンビーフには申し訳ないが、ちょっと驚いてしまった。スーパーに行けばある、それはわかっていたけれど、コンビニに置かれるくらい、しかも新規オープンの店舗に陳列されるくらい、コンビーフって今も求められているものなのか。

消費はピークに比べれば落ちているそうではあるのだけど、それにしても、私が思っているよりはずっと現役の食べ物のようだ。

懐かしくありながら、実はばりばりに現役という食べ物は案外多い。駄菓子は全般にそうだし、パイン飴とか、ポンジュースのようなロングセラー品にもその雰囲気がある。

ただ、コンビニでコンビーフ、誰が買うんだろうとは、この日の夜までしつこく思い続けてしまった。

蜂に印をつけられるか

この蜂は昨日のと同じかしら。赤マジックで体に印をつけてみたら、ぶどうにとりついていたのも、ジャムのも、蜂蜜にくるのも、全部、この赤い印のついた一匹の蜂だった。

昭和四十二年八月十日【中】

そんなことするか？　と思う。いや、攻撃的に言うのではもちろんなく、心底素直に、そんなこと、するか……？　と。

だって蜂だろう。刺されたらと思うと、こわい。

武田山荘にあらわれたこの蜂はいったい、なに蜂なんだろう、赤マジックで体に印が付けられるくらいの大きさがあるということはミツバチのレベルではなさそうだ。

日記は淡々としている。引用のあとも、泰淳にこのことを伝えるとこの蜂の大食ぶりから、〝「百合子にそっくりだな」と言った〟とある。いやいやいや。「えっ、蜂に印をつけたの?」と、驚くのではなく「百合子にそっくりだな」とはあまりに悠然としたリアクションだ。

昭和四十二年に大人として生きるひとたちのあいだで、蜂というのはたいして怖いものではなかったのか。養蜂だとか、クロスズメバチに印をつけて飛ばしてその巣を探すへぼ取りが今よりもっと身近で、蜂を無為に恐れるような気分が少なかったのだろうか。

それともやっぱり、さすがは武田夫妻だと、その実力を見せつけるエピソードなのか。

自宅に大きな蜂が出まくった頃がある。どういうわけか、好かれてしまったらしい。

いまだに意味がよくわからないのだけど、居間の閉めた障子と窓ガラスの間に入っていたり、風呂場のとなりの脱衣所の窓枠にとまっていたりと、ブーンという羽音に驚いて慌てて探すと見つかって、驚愕する日々だった。窓から入ってきて大騒ぎになるみたいなことじゃなく、気づくとすでにそこにいた。

最初に見つけた日は慌てて閉じ込めて（というか、蜂のいる部屋に人間の方が近づかず入らないようにして）、蜂退治のグッズを検索した。良さそうなものがあったら近所のドラッグストアに買いに走ろうと思ったのだけれど、数センチあるレベルの蜂を駆除する市販品は野外での使用を想定された、バズーカのように大きいものしかない。一撃でズガンと派手に仕留める仕様で、狭い自宅で使うのは無理だと感じた。

どうしようもなく、なんとか穏便に外に出て行ってもらうしかなかった。近くの窓をそろそろと開けて隙間を作ると、蜂の方もそれなりに慌てていたのか、すっと出て行った。

結局、それを一週間くらいの間だろうか、数回繰り返した。逃してもまた入ってくるのだ。どういう種類のループものだ。

あるとき、自宅の中ではなく、台所の換気扇の向こうでブーンとあの羽音がするのに気づいた。古い家に暮らしており、換気扇はプロペラの回る旧式のやつだ。まさかとは思ったが、蜂はずっとその隙間から入ってきていたらしい。防虫のために窓に吹き付けるスプレーを、周辺にまんべんなく吹きつけると静かになった。

撮った写真を昆虫に詳しい知人にみてもらったところ、アシナガバチではないかと教えてくれた。スズメバチよりはおとなしいものの、万が一刺されるとやはり危険だという。子どもたちもまだ小さい頃だったから、本当に恐ろしかったし、災厄が唐突にふりかかる現実ならではの面倒くささが悔しくもあった。

換気扇の外側で飛んでいるということは、家の外壁に巣でもあるのだろうかとそれも心配で、ぐるっと見回してみるのだけど見当たらない。防虫スプレーの噴射を日々徹底したところ、室内にも換気扇の近くにも蜂が来ることはなくなった。しばらくは気掛かりだったけれどそのうち忘れていった。

数回来たあの蜂が同じ個体かどうかなどと考える暇はなかったが、マジックで印をつければよかったのか。いや、まさか、そんなことする勇気はない。

蜂の一件は、後日こんな日記に続く。

昨日今日、食卓にくる蜂は、赤インキをつけた蜂ではなくなった。あれはもう、死んだのだ。（昭和四十二年八月十二日）

「そんなことするか？」とつっこんだが、生き物だからこそ、出会ったその先にも生命があって、印をつけたことでその終わりが伝わるのには黙った。

最近、蜘蛛を逃した。

仕事に使っているコワーキングスペースの給湯室のシンクに、掃除用のペーパータオルが置かれており、そのビニールの包みの中に入り込んでいたのだ。このままだとビニールと一緒に捨てられてしまうだろうと、出して放した。もう何日も経つが、給湯スペースにはずっと同じ蜘蛛がいる。印こそはつけていないけれど、おそらく同じ固体だ。何を食べて暮らしているんだろう。

食べ物に追われたい

主人、大根葉の漬物を刻んだのに鰹節をかけたのを御飯にかけて「大好きだ」と言う。「こういうのが食べたかった。思い出せなかった、何が食べたいんだか」。シューシュー息をして食べる。

昭和四十三年八月九日【中】

何が食べたいんだか思い出せない状態から、ああこれだというものにありついて「大好きだ」と言う。こんな最高の幸せがあるかと思う。私も食べながらシューシュー息をするありさまを目撃されてみたい。

私は朝昼晩、基本的に決まった時間に食事をする習慣で生きている。何が食べたいと強い意欲はあまりなくて、朝は決まってパンを、昼は適当にあるものですませて、夜も日々それほど強い意欲のないままに用意しやすいものや季節に合わせてなんとなく支度をしている。

食べたいものをひらめく筋力のある人がいつも羨ましい。何かを食べにどこか遠くへ出かけたり、店を探して予約したり、行列に並んだりもする。食べたいから、食べてみたいから、手に入れるための困難を乗り越える。高くても買う。調理に手間がかかるだろうものも臆さない。食への意欲が旺盛であることは幸せに近いことだと思う。

ただ、私のように意欲に乏しい者も、期せずして急な食のきらめきに出会うことがあって、それがまさにこの、〝大根葉の漬物を刻んだのに鰹節をかけたのを御飯にかけ〟たものを口にするようなタイミングではないか。急にピンと来てはまる瞬間を、食を追い求めない側の人間は待っている。

そんな、食を積極的に追い求めない者の中には、逆説的に食べ物に追われることをどこかで望んでいるタイプもいるのではないか。私はたぶん、そっちだ。追うのではない、追われたい。

たいていの昼食を私は適当にあるものですませると前述したけれど、この「あるものですます」のが「追われる」感覚に近い。食べたいものを買いに行くのではなく、あるから食べる。消極的なようで実はここにたまらない興奮があって、美味しささえ宿り込む予感がある。前日の残りのおかず、わけてもらったお菓子、中途半端に余った乾麺。これらをぼそぼそと背を丸めて食べる。もちろん、ひとりでだ。

食べたいものはないけれど、あるものが食べたいという状態は食への姿勢としてそれなりに一般的なのではとも感じる。定食屋に日替わり定食があるのも同じ事情じゃないか。考えないという美味しさ。

考えると美味しくなくなるから、買い物に出かけてもぼんやりしている。料理をする必要がある場合は安売りをしている野菜を買って、肉や魚やお買い得品をカゴにいれながら、なんとなく献立を組み立てる。困るのはさっとできあいの品を買うタイミングだ。売り場をぐるぐるして、パンコーナーやチルドのコーナー、冷凍コーナーに惣菜コーナーを見回すが、どうもぽかんとしながらなんとなくよくわからないままにパンと野菜ジュースを買って店を出るようなことは多い。何も買わずに、やっぱり家にあるなんか適当なものを食べようかなと逃げるように帰ってきてしまうこともある。

そうして思うのだ。逃げて帰った結果、家で〝大根葉の漬物を刻んだのに鰹節をかけたのを御飯にかけ〟たものが食べられたら最高だ。

はっとして、私にもきっと「大好きだ」が降りてくる。

情緒よりパワーのおみやげ

山形ナンバーのセドリックに乗った、大人六人と子供一人の客来て、土産物を買い狂う。富士山の額と登山笠、登山杖の形のエンピツ、ようかんなど沢山買って、しまいに非売品の、五合目から写した富士山の写真の額をサービスにくれろという。その代り、今度くるとき、蔵王の樹氷の写真を持ってきてやる、といっている。大分、売れなかった土産物を買ってくれたので、おじさんは写真をくれてやり、新聞紙に包んでやった。

昭和四十年十一月九日【上】

旺盛な買い物が生き生きと躍動する。昭和四十年、いかにもおみやげおみやげしたおみやげが、ダイレクトに喜ばれ盛んに買われた全盛期の活写ではないか。しかもこれ、ちゃんとしたおみやげ屋などではなくガソリンスタンドの売店の話である。

列挙された品は、どれもおみやげの商品開発の考え方にメタな意識の介入する前夜の様相で身震いする。登山杖の形のエンピツは、確か父方の祖父母の家にもかつてあった。現代の地平から眺めるとどれも絶妙に不要な感じで可笑しい（もちろんこの様子が当時もどこか滑稽な買い物ぶりであったろうことは百合子の冷静な目からうかがえるのだけど）。おみやげはこうでなくちゃなと元気が出る。

みやげものを買うのが下手だ。会社に休暇明けの挨拶にお菓子を持っていくくらいでもなんだかちょっと手応えなく外してしまうのだから、個人的なおみやげや自分用のおみやげはいよいよピンとこない。

唯一、これは芯を食ったぞと、満足できたのが小学六年生のときに修学旅行で行った日光のおみやげだった。

どういう発想だったのか、とにかくわかりやすいクラシックなおみやげにしようと決めて、金色の東照宮の五重塔の像を四角くガラスでかためた小さな置物を選んだ。

高さは十センチほど、横と奥行きはだいたい四センチくらいか。ガラスの下一センチに赤く色が付き、その上に乗るようにして、金メッキされた五重塔がぎゅっと固められている。永久凍土から発掘されたマンモスの冷凍標本が展示され話題になることがあるが、五重塔も冷凍保存されたらこんな感じではないか。まさに展示されるかのように、ゴシック体で「日　光」と書いた小さなシールが前面（といってもどの面が前とかはないのだけど）の赤い部分に貼られ、日光のみやげであることをダメ押しで訴求する。

で、これが母方の祖父にやたらに刺さったのだ。

渡すと祖父は「おお」と声をあげた。「こういうのが一番いいんだよ」と受け取って手のひらに乗せじっくり眺め、それからまだブラウン管だったあの、置物をいくらでも置けたテレビの上に置いた。

祖父は受け取ったときだけじゃなく、そのあともことあるごとに「おい、あそこに置いてるぞ、眺めてるぞ」と指差してくれた。本気で気に入ったようだった。

安物だということもあってか、そもそもそういうものなのか、数年経つうちにガラスに外側からみしみし細かいひびが入りはじめた。それでも祖父はまったく構う様子はなくて、なお新鮮に「これはいいみやげだな」とたびたび言い続けた。ビンテージ化しているというか、ガラスの置物が成長しているようだった。

結局、祖父は寝ながらぽっくり死ぬまでこの置物を十年以上テレビの上にのせて飾り続けてくれたのだった。最終的にひびがばきばきに入って、中の五重塔がかすむくらいだったけれど、適当としか思えない「日光」と書かれたシールも大切に貼られたままだった。

その後、私も子どもを持って、今度は自分の子が遠足や修学旅行に行くようになった。学校で決められた額までならお金を持たせてもいいことになっていて、子どもたちはおみやげを買ってきてくれる。

これが、何を買って帰ってきてもとんでもなくうれしいのだ。息子が水族館に行ったときに買ってきてくれたアクセサリーは何年もかばんに入れてお守りにしているし、娘の動物園のおみやげのお菓子の空き箱もずっと窓際に飾っている。

祖父もこういう気持ちだったのかと思う。人に情があるから、素直に物として気に入る。

『富士日記』で猛然とおみやげを買う彼らには、そういう私と祖父の間のようなエモーショナルな交歓みたいなものはあまり感じられず、そこもちょっといい。ただシンプルに勢いがある。情緒のつけいるすきのない、昭和のてらいなくパワーがみなぎるおみやげがまぶしい。

日光

同居の人が不在であること

主人、車の中で「黙っていなくなる。それが百合子の悪い癖だ。黙ってどこかへ行くな」。怒気を含んで低く言う。

昭和四十二年八月二十一日【中】

人と暮らすことの独特さについて、常々考えている。

同居の人とは「こんにちは」を言わない。「さようなら」も言わない。同居の人は、ここにいるか、いつかここに帰ってくる。ふいに不在になってどこにいるかがわからない状態は、自分の一部が足りないように不安で、前ぶれなく自分がままならなくなったときのように面倒くさい。

夕食後、泰淳が寝たあとに百合子は電話の用事で山荘を出る。いつも電話を借りる管理所が開いておらず、さらに山をくだって別の施設まで行って、電話をかけたり、知人に会ったりしているうちに二十二時を過ぎる。

引用は、そこへやってきた大心配状態の泰淳のことばだ。起きて百合子の不在に驚いた泰淳は、近所の山荘に滞在する作家の大岡昇平夫妻も動員して捜索にあたっていた。

大人が大人を、大慌てして探す様子は悲痛ながらどこかコミカルなようにも読めてしまうのだけど、はっと目覚めたときに、いるはずの同居の人が家のどこにもいない不安は、それは大きいだろう。

これは、夫婦だから、家族だからというのはもちろんあるかもしれないけれど、ただ一緒に暮らしていること、それが理由として大きいんじゃないかと思う。同居という行動は、続ければ続けるほど、本人たちの意図しないまま、植物の成長のように自然と一体感が実装されていく。

複数人で暮らせばやがて自分ひとりでは状態として足りない気分が醸成されるし、一人暮らしであればひとりで不足のない自分に、時間の経過によって、ただ、そうなっていく。

自分がひとりでは足りないような心地というのは、精神的なものでありながら癖や慣れみたいなフィジカルな感覚でもある。

私の実家は五人きょうだいで、父母とあわせて七人家族だ。常々がちゃがちゃした家だった。実家の団体としての暮らしを思い返したとき、家族の誰かが不在になったときの妙な虚構感は体感として残っている。七人のうち一人不在になって六人になる、それくらいでもうすかすかと家が空いて、自分のどこかが足りない気がした。

いまは子どもと暮らしているから、子どもが不在の感覚は即、心配として自分のなかで認識される。けれどこれも、心配よりももっと手前にある不足感が先にふるえるんじゃないか。

息子が中学生だった頃、学校のあと友達と街へ出かけると聞かされた。晩も外で食べるということで、送り出したはいいけれど二十一時を過ぎても帰ってこない。どうしたものかとＬＩＮＥを送って電話もかけるのだけど連絡がつかず、二十二時を回ってしまった。

こういうときだけ確認し合おうと話していたスマホのＧＰＳで居所を見ても、

出かけると聞いた街の路上のある一点からじっとして動かない。

何かあったのではないか。

さすがにじっと待つばかりではいられず、一緒に行くと聞いた友達のご家族に連絡をとろうとするのだけど、連絡先がわからない。息子が進学した頃はちょうどコロナ禍のど真ん中で、親同士のコミュニケーションが開通しないままだった。

クラスメイトの親御さんに何人か連絡先を知っている人はいて、思い切って相談の電話をしてみたところ親身になってくれ、息子と同行しているはずの子と同じ部活動の子の電話番号を知っているからかけてみると言ってくれた。と、あわあわしているところへ、ぬっと息子は帰ってきたのだった。二十三時少し前だった。

大きな回転寿司屋に行ってみたいと友達と話して向かったのだけど、とにかく混んで混んで、でもせっかく来たんだしと腹をきめ、二時間並んで入ったのだという。スマホの充電は途中で切れたとのこと。

相談をもちかけていたクラスメイトの親御さんにすぐ電話をして、戻ったこととお騒がせして申し訳なかったと伝えると、ほっとして喜んでくれた。

勘弁してよと息子には言って、よくある心配事の騒動だけれど、ずっぽりした体感としての不足をあらためて感じ取ってふるえた。

この不足感は重大で、長引けば長引くほど体からめぐってどんどん精神にくる。

同居の人がふいにいない全身のよろめきが、百合子がいないことの大騒ぎにはそのまま宿り込んでいる。実際はただ人に会ったり電話をかけたりしていただけの様子を私たち読者は知っているから、大人だし大丈夫なのにと思ったりもするのだけど、でも、やっぱりしみじみしゅんとなる。

家具こそ雑に買う

外川家具店に鏡と棚と一緒になったのを見ないで注文、午後届けて取付けてくれる。六千六百円。ヒューマニズムみたいな感じの棚が届いた。

昭和四十年八月六日【上】

家具を見ないで注文するものか。そうして届いたものが〝ヒューマニズムみたいな感じ〟って、どういうことなんだ。

どちらかというと、私も家具を見ないで注文する側の人間ではある。いや、見ないでというよりも、見て見ぬふりをしてというか、見えているのにちゃんと見ない、という方が正しいいか。

売る側が見せてくれているのに、見ないのだ。私は。

買うときに調べて比較検討するのがとにかく苦手だ。なにか欲しいなと、ちょっと調べてみると次から次へと情報が押し寄せて、すぐにバンと頭がフリーズしてしまう。結局、そこに並んでいるもののなかで、一番安いやつをください！という買い方になる。

冷蔵庫が壊れたときは、今すぐ買わねばならず、検討する時間もないことに、むしろ助かったと思った。

ある日、帰宅すると冷蔵庫がぬるかった。耳をすませばいつもはブーンと低く唸《うな》って深夜など案外うるさいなと思うくらいの稼働音がしない。開けたときに奥で控えめに灯るライトも、そういえば消えている。

通電していない。

ちょっと検索してみると、冷蔵庫というのはこうなってしまうと新品とか、少なくとも買って数年でない限りもうほぼ修理は難しく、買い替え一択らしい。使っていた冷蔵庫はちょうど購入から十年の製品で、私としては二十年くらい平気で使いたいのだけど、寿命だろう。

冷気を失っていくなか、庫内にはまだ元気いっぱい食料品が入っている。うちでは常温品もかまわず冷蔵庫に入れる。常温で保存できるものは庫内に残し、まっとうに冷蔵や冷凍が必要で入っていたものはぜんぶ出した。火を通せば常温で保存できるものは加熱して、仕方ないけれどすぐには食べきれず処分せねばならないものもいくつかあって苦渋の決断をしながらゴミ袋へ入れる。

すぐに一番近くにある家電量販店へ向かい、この店で一番安い冷蔵庫をくださいと言った。いや、言いはしなかったか。一番安いやつを選んで買った。入店十分くらいだった。もっと短かったかもしれない。

せいせいした。いきなり冷蔵庫がぶっ壊れてくれたおかげで、めんどうな比較検討から免れ、急遽《きゅうきょ》買うことが許されたのだ。

いきなり冷蔵庫が壊れたことを人に話すと、冷蔵庫は十年経つと急に壊れることがあるから早めに買い替えたほうがいいよね、すぐに買える、少ない選択肢からしか選べないのは嫌だものと、豊かでまっとうなリアクションが返ってきて私は生返事をしたものだ。

あのときに買った冷蔵庫のことが私は好きだ。誇りに思っている。

まず、ぜんぜん知らないメーカーだ。三菱電機とかパナソニックじゃない。

買ってからも、メーカー名は覚えていない。

製氷が自動でないのもいい。わざわざ製氷皿に水を入れて凍らせ、手でばきんと割って氷のスペースへがらがら入れる。なぜいいかといえば、ここにこそ安いやつを買った手応えがあるからだ。

冷蔵庫のような大物を雑に買ってやった意気を、私はずっと味わっている。ところでこのとき、自宅の台所にぴったりおさまっていた壊れた冷蔵庫の大きさを私は調べなかった。テンパった状態で、壊れたやつよりもひと回り小さいやつでいいやと、店に置いてあるもののうち、ある程度小さく見えるものを雰囲気で買った。届けてもらって設置してみたら、これがぎりっぎりぴったりのサイズだった。新しく買ったのは、ひと回り小さいなどということなく壊れた冷蔵庫とまったく同じリッターだった。これにはさすがに肝が冷えた。

ヒューマニズムみたいな鏡と棚とはどんなデザインだろう。デザインはさておき、百合子さんの買い方も、私の買い方も、どこかヒューマニズム的かもしれない。

自分ちじゃない家に帰って浴衣で寝る

「ノブさんは二年位前、豪勢な酔払運転でブロック塀にもろにとびこんでキズをした。でも、このキズ、カッコいいじゃん」。おしゃべり好きの方が、そう説明すると、ノブさんという男は下を向いた。

昭和四十年十一月九日【上】

『富士日記』の登場人物はとにかくよく酒を飲む。この時代は、今よりずっと人間が欲望の側に近かったのかなと思わされる。

みんなして旺盛に飲むからそのクレイジー度合いは比べづらいところだけれど、特に大酒飲みとして描かれるのがガソリンスタンドを手伝うノブさんで、引用がその初登場シーンだ。今の時代からみると下を向くくらいではすまされない笑えない飲み方と怪我をしている。

ノブさんは大変な男前で、祖母にあまりにもかわいがられすぎて中学生の頃から酒を飲まされていたんだと、朝、焼酎を飲んでから学校に行っていた衝撃のエピソードもこのあと明かされる（昭和四十一年十二月二十七日）。幼少期からたばこを吸っていた内田百閒みたいな話だ。

子どもの内田百閒がたばこを吸っていたのは未成年者喫煙禁止法が施行される明治三十三年より前だったと思われ、いっぽうノブさんが中学生だったのは昭和三十年くらいだからとっくに未成年者飲酒禁止法は施行されている。ゆるい時代の話とはいえ、ノブさんのほうが、というか、飲ませた祖母がか、エピソードとして本物かもしれない。


昭和五十四年生まれの私の肌感覚でも、かつての世の中は今よりずっと飲酒にも喫煙にも甘かった。悲惨な飲酒運転の事故があり、健康の害もどんどん明らかになってじわじわ雰囲気は変わった。たばこは値段も上がりに上がって、いよいよ吸う人が少ない。私が学生の頃は友人が集まればみんなたばこをよく吸って、非喫煙者の方がずっと少なかった。

たばこほどではないけれど、じわじわひたひたと、お酒も飲まれなくなってきている。

体質的に飲めはするけれど、あえて飲まない選択にソバーキュリアスという名前がついて、居場所ができた感がある。飲酒運転はもちろん、一気飲みのような飲酒の強要も犯罪としてしっかり認識されるようになった。

私自身は若い頃から今まで、幸いにして飲酒にまつわる犯罪を目の当たりにしたことはない。それでも、とんでもない飲み方をする景色の中を、かいくぐりながらたまに逃げきれずに苦い経験をして、思い知って学んで酒と付き合ってきたのは間違いない。

これまでで一番どうかと思われたのは、ピクニックで飲みすぎて気がついたら公園の奥地の落ち葉の山の中で寝ていたことだろうか。初冬の公園には落ち葉を掃いてまとめた一角があった。

お酒はずっと好きだからいまだに調子にのって酔っ払ってしまうことが実はある。それでも年齢が上がったことでそれほど飲めなくなったし、たばこ同様、周囲では続々と、それもかつてはもりもり飲んでいた人たちがお酒をやめたり減らしたりしはじめている。

昭和二十一年生まれの父はノブさんと同年代だ。このくらいの時代のひとたちは今なお酒との絆が強いように見える。四十代、五十代よりずっと、六十代、七十代のほうがお酒を飲んでいるんじゃないか。欲望の側に近かった最後の世代ということか。

父は六十代に入った時点でまだ酔って転んで大怪我をしていたし、今の私と同じ四十代くらいの頃なんかはまったく構わず好き放題に毎日大酒を飲んでいた。

朝、父が帰っていないのに気づいた母が大慌てであちこちに電話をしていると、浴衣を着た父がぶらとお向かいのお宅から出てきたのもこの頃だ。

酔って自宅がわからなくなり間違ってお向かいさんに帰宅してしまったらしい。お向かいの家のおじさんは午前〇時を過ぎて家を尋ねてきた泥酔の父を見て、これは家から締め出されたなと気の毒に思ってお風呂に入れて浴衣をすすめ、泊めてくれたのだった。実際は自宅の鍵は開いており、ただ酔った父が家を間違えただけだった。

すごいのは、それくらいのインパクトのあるエピソードもそれなりに早いスピードで家族の話題からは消えたことだ。今でも覚えているのはもしかしたら私くらいかもしれない。

自分ちじゃない家に帰って浴衣で寝るレベルのことが日頃から起こり散らされて、それなりに普通に処理される頃だった。なんなんだ。

またたく間に食べる

子供を背負った痩せた小柄の若い主婦は、コロッケ十個買い、包んでもらったほかに、コロッケ一個と大福一個を買い、店の中で立ったまま、コロッケは呑みこむように、大福は喰いちぎるようにして、またたく間に食べた。

昭和四十三年八月二十八日【中】

生《せい》〜！　という感じがする。

山荘から百合子が一人で買い出しに出たときの、酒屋での出来事だ。

八百屋、乾物屋、肉屋に村役場と、あちこちまわるうち、酒屋が一番手間取るのだと書かれている。待っていても、後ろから来る地元の客が横入りして会計するうえに、世間話までするかららしい。肉屋から卸されたできたてのコロッケが大人気だそうで、そんななか、小柄の若い主婦が買い食いする。

こんなタイプの活気は、ちょっと近頃の買い物では見られない。

またたく間に飲むように食べる。小さな子を育てていると逃れられない状況ではないか。子が寝た隙に、遊んでいる隙に、おっぱいやミルクを吸っている間に、とにかくこまかい隙をねらって肉体と精神を回復させねばならない。もがもがもがと何かを口に押し込む。高級なチョコレートだって、ゆっくり食べる暇はなく乱暴に口に放り込んだ記憶がある。

一人でもそうだし、数人そろってもそうだ。みんなで大急ぎでクレープを食べたのを思い出した。二十代の頃、会社の同期が育児休暇をとり、同僚と一緒に赤ちゃんの顔を見にいった日だ。

子育ての一番大変な頃だし、食べ物も飲み物も全部持っていくから、どうか何も用意せずにいてほしいと伝えてはいて、けれど、ちょうど子どもが寝たものだからと、同期の子はクレープを作る支度をして待っていてくれた。

近所の子育て仲間とか、友人が来るといつもクレープでもてなすのだと言って、ホットプレートに小さく丸く薄く焼いて、上に生クリームと、チョコレートソースとかジャムとかを乗せて巻いてくれる。かわいらしいクレープができる。

市販のクレープミックスで、高級なものではないというのだけど、これがどういうわけかはちゃめちゃにおいしかった。

私たちが買って持っていったサラダもフルーツも全部クレープになった。私も同期も同僚も、全員魔法にかかったように競うように食べた。

赤ん坊が寝ているうちに食べてしまおうと話していた。気のおけない、でも初めて訪ねる人んちに遊びに来ているという特別感に加え、早く食べねばと、赤ちゃんはいつ起きて泣き出すかわからないから、見えない制限時間に追われるシチュエーションも猛スピードの早食いと大食いの背景だったと思う。

結局、赤ちゃんはすっかり寝ていて、食事が終わった頃に抱いて優しく起こすくらい静かだった。おとなしい子で、ぐずって泣くこともなく、私たちは愛でてかわいがりながら、ぱんぱんのお腹をなでて、あとはなごやかにおしゃべりした。

帰り際に同期が「クレープ、たくさん食べたねえ！」とあらためて驚いたように言って、私たちははっと、食べたクレープの量を振り返ることになる。粉を二袋分全部食べたそうだ。八人前らしい。私も一緒に訪れた同僚も、帰れば小さな子どもが待っている。今のうちにと気持ちがあまりに前のめりになったのだ。みんなで驚いて大笑いした。

あまり早食いも大食いもしないようなものを、またたく間に食べた私たちと思うと、不思議と今でも心強い。

あのときの赤ちゃんはもう十代だ。

三人、いまでは当時の会社を離れ、それぞれ別の仕事をしている。

生きたり死んだりする鳥

戸袋の鳥の仔は四羽死んでいました。ころころころころと四羽ころがって死んでいた。よく覗くと蛆がいたので、棒を入れて巣ごと出して箱に詰め、火葬にした。仔はこっけいなへんな顔をしていてまだ変色していない。犬や猫の仔の死骸のように生ま生ましくない。

昭和四十一年六月十七日【上】

武田山荘では戸袋に鳥が毎年巣をつくる。親鳥はいくつかの卵を産んで、そのうちの何羽かは成長して巣立つのだけど、生育がよくなく見捨てられた雛が巣で死んでいる様子がたびたび描かれる。山での暮らしは鳥の一生が身近にある。

都会では鳥は、いるだけの存在であることが多い。歩いていると空に飛んでいく鳥の腹と翼が見える、座って休むとそこいらでなにかついばんでいる。家にいれば姿は見えないが鳴き声が聞こえる。いつも近くにいるのだけど、ぱっと現れたようで、生きたり死んだりする実感が、以前はあまりなかった。

カラスとハトが空中で喧嘩しながら急降下して、駐車場の隅に生えた桜の木の根元に落ちて両方死んだのを見たとき、あっ鳥って死ぬんだなと当たり前のことに気がついた。役所の人が来て袋に入れて連れていった。

自宅の近くで鳥の雛が道路に落ちているのも見た。まだ保育園に通っていた頃の息子を自転車に乗せて走っているときに息子が気がついて、どうしようと、野鳥の雛は人が触ると親が迎えに来ないから触ってはいけないと聞いたことがあったから、触れずに近くで眺めて相談していると、大きな犬をつれたおじいさんがやってきた。雛をどうすべきか、おじいさんはアドバイスをくれているようなのだけど、大きな声の早口はよく聞き取れない。それよりも、犬が雛に興味をもちじりじり近づいているのが恐ろしかった。

「犬が心配なので少しリードを短く持っていただけないでしょうか」と頼むも

おじいさんはどうも聞こえないらしく、やっぱりずっと大声でなにか言う。結局、犬は雛に飛びついてくわえた。ぎゃあと私が悲鳴をあげたのに驚いたか、道に落とした。おじいさんはまた二、三、なにか叫ぶようにしゃべって離れて行き、私はどうしていいかわからなくて、すると息子が雛を両手でつつんで道端の草の生えたところに置いた。

「まだ生きているようだから、病院を探して」と、息子はやけに冷静でいて、すんとして言う。スマホをまだ持っていなかった頃だから、急いで家に帰ってパソコンで検索した。近くの動物病院をメモして戻るともう雛はいなくて、鳥かねずみか何かが連れていってしまったのだろうか。

雛にかぶりついた犬を散歩させるおじいさんはその後も見かけたが、そのうちおじいさんは不在になって、もう少し若い女性が犬を散歩させるようになった。私はすれ違うたびに、あ、あの犬、と思う。おじいさんが散歩させていた頃、よく近くの神社の境内のベンチのそばで日向ぼっこをしており、それはおじいさんがしたいのか、犬がしたいのかわからなかったけれど、おじいさんが不在になった今、その女性が同じように境内でくつろいでいるから、犬に合わせた習慣なのかもしれない。

最近、近所の友人と街を歩いていたとき、友人が「このあたりはずいぶんスズメが少なくなったね」と言った。灰色の小さな鳥、ムクドリだろうか、が、どこからか大量にやってきて、角の郵便局の上の電線にぎゅうぎゅうにとまって一斉に鳴く様子は見かけるけれど、そういえばたしかにスズメを見ない。

カラスや鳩はこれまでどおりよく見る。鳩はいっとき、自宅の換気扇の向こうによくやってきた。昼頃になるとギャン！と鋭い音で排気口につかまるようにとまってしばらく鳴く。遠くから聞く鳩の鳴き声はだいたい「ポー」だけど、近くで聞くとそれは「ボー」であり、濡れた喉を鳴らして、全身から発声しているのがよくわかる。

鳩は毎日だいたい昼過ぎくらいにやってきた。あの頃の鳩の日課だったのだろう。

これくらい本気で『水戸黄門』が観たい

外川さんは私と花子が上るとすぐさま、座敷のテレビをつけて、テレビと話しこむほどの近さに坐りこみ、画面に眼をすえたままになる。水戸黄門をやっている。ときどき「うう」という呻き声を出しては、穴のあくほどみつめている。水戸黄門様が浅はかな殿様をたしなめて悪い家来をやっつける話で、外川さんは鼻水が垂れてきても拭かない。

昭和四十年八月五日【上】

引用は河口湖湖上祭という花火大会が始まる前に、石屋の外川さん宅で百合子と花がすごした際の様子だ。武田山荘の石垣を造るべく現れて確かな仕事をし、人懐っこい性格で武田家と懇意になるのが外川さんだが、『水戸黄門』にのめり込むプライベートの一面には、チャーミングというだけではくくれない迫力がある。

　気づけば人は『水戸黄門』を観なくなった。

というか、逆になんであんなに私たちは『水戸黄門』を毎日毎日、観ていたんだろう。学校から帰ってくると夕方に再放送があった。毎週いちど夜には新作も放送された。

　私になじみ深いのは西村晃によるTBSナショナル劇場の二代目水戸黄門だ。外川さんがこのとき観ていたのは、ナショナル劇場の前身にあたるブラザー劇場の月形龍之介版ではないか。

　かつて『水戸黄門』はみゃくみゃくとテレビ放送されていた。毎度のあらすじは、外川さんが観ていたのも私が観ていたのも、おそらくずっと変わらない。変わらないまま、ナショナル劇場はパナソニックドラマシアターと名前を変えて『水戸黄門』を二〇一一年まで放送していた。

　その後、BS‐TBS版としてなんと二〇一七年と二〇一九年にも武田鉄矢の『水戸黄門』が制作されていたらしいことを最近知った。Netflixが日本に上陸したのが二〇一五年だから、そのあとの世界線でのBS放送となると、もはや一般のお茶の間向けとは言いづらい、意地と趣味の『水戸黄門』という感じがする。

生きていれば誰もが自動的に『水戸黄門』を履修せざるを得ないような状況はいつごろまで続いたのか。帰ってきたらとりあえずテレビをつけたあの頃、夕方の再放送枠を全員が観ていた頃。

それで調べてみると、なんと、今でも地域によっては夕方に『水戸黄門』が地上波で放送されているらしい。恐れいった。

小学校低学年くらいの頃だろうか。祖父母の家に遊びに行った日の夜、テレビで『水戸黄門』がはじまった。いつものように一向がほがらかに旅路をゆく様子が映し出され、そこにむこうからお遍路のような格好をした尼僧の集団がやってきてすれ違う。

それを観た、一緒のこたつに入っていた祖父が「この人たち、このあと出てくるよ」と言うのだ。そして本当に、その後この尼僧たちはストーリーに絡んできた。同じ宿に泊まる流れだったか、なにしろトラブルを抱えていることをご隠居様に相談するのだ。

子どもの私はびっくりした。なんでわかったんだ。

祖父の「この人たち、このあと出てくるよ」の断言は力強く、あまりにも当然のことのような口ぶりだった。祖父にとっておそらく容易らしい予見に自分がばっちり驚かされたこと、自分では到底わからなかったことが瞬間的に恥ずかしくもあった。

旅路ですれ違ってどうして同じ宿に泊まるのかとか、そういうことではない。特徴的に映される状況はすべて伏線だという約束事を祖父は知っていた。

案ずることはなかった。その後私も、自然と『水戸黄門』を観ざるを得ない日々をすごし、ばっちりドラマツルギーを仕込まれる。

先日娘の隣でアニメを観ていたら、話の流れがわかってしまった。「これ、このあとお母さんから手紙くるよ」とつい言って「わかってても言わないでよ～」と咎《とが》められ申し訳ない。毎日嫌ってほど『水戸黄門』観てたからさ、だいたいわかるんだよ。

それにしても外川さんの視聴態度は熱心だ。鼻水が垂れてきても、なんと拭かない。物語の先を予見するような野暮は一切せずただ本気で観る。これぐらいの気持ちで『水戸黄門』が観られたら最高だろう。

声に出してさびしい

雨が降るとめちゃめちゃにさびしい。主人がねている部屋のこたつに入っていて「さびしいなあ」と言うと、ねたまま「さびしいなんていっちゃいけないい!!」と力のある声で叱るように急に言う。毎年夏の終るころは、夏の好きな私は「さびしい、さびしい」と滅多やたらにいっている。私がさびしいと訴えると「うまいものを腹一杯食べて、うんこをしてねておしまい」「ねると忘れるから早くねろ」などと、いつもは言うのに。やだねえ。

昭和五十一年八月三十日【下】

『富士日記』を読んでいると、闊達《かったつ》で気丈で構わない様子の武田百合子という人が印象づく。それだけを受け取るとオープンで豪快な人柄でとらえてしまいそうだけれど、読めばすぐにそれだけではくれない、繊細な人のさまに気づかされる。

構わないこと、おおらかであることと、繊細で多感なことは、何の矛盾も障壁もなく、淡々としてひとりの人のなかに同居可能だ。一見して感じる印象に、しっかりと向こう側があるのが伝わるのは、日記文学の豊かさのひとつじゃないか。

雨が降ってさびしい、夏が終わってゆくのもさびしい。引用は、泰淳が病気をして衰弱した、作品終盤の日記でもある。抗いようのない寂寥《せきりょう》を、口に出してちょっと騒いでみる様子には、まさにその闊達と繊細の混じりけがある。

今年は春が来るのが例年よりずっと怖かった。

そもそも桜が咲くのを私は毎年畏れている。それは桜というものの持つ魔的な魅力におびえている……というところはもちろんあるけれど、単純に、「ちゃんとお花見をして桜の満開を存分に楽しみ切れるだろうか！」という、真性せっかちであり、季節のイベントに対するいじきたなさを持つ者としての、純粋な焦りからだ。咲くからには咲いた桜を満喫したい、享受したい、し損ねないようにしたい。結局は、損をしないか不安なんである。

季節の移ろいに対して目配せをする私は、いつも心にスタンプラリーのカードをぶら下げている。桜が咲けばお花見を、新緑の頃には芝の上でピクニックを、ちゃんとやりたい。できるのか、時間はあるか、一緒に楽しめそうな人が呼べるか大丈夫か、春が迫ると徐々に不安になっていく。すぐに終わってしまう桜の花の満開の期間を、恨んで悔しむ気分すらある。

今年はどうもその不安が大きくて、それは私が会社を辞めたからなんじゃないかと、桜が咲いてから気がついた。

春が来る前の年末に、会社をやめた。私は会社員として二〇〇五年から一貫してずっと同じウェブメディアの編集にたずさわってきた。いくつかの会社を渡り歩きながら、ずっと同じメンバーで同じメディアを運営していたのだ。二十年弱やってきた仕事を辞めたことになる。

私は、新卒で就職しなかった。なんの経験もなく、資格も持たず、勘所なく世の中に飛び出した。アルバイトをしながらフリーライターとしてウェブ媒体に文章を寄せるようになり、その縁でしれっとすべり込むように会社組織に入ったのは、ちょっとあり得ない幸運だったと今になってみれば思う。

もちろんそれは、社風のおおらかな会社だったおかげだけれど、働いてみてはじめて、私はいかにも会社会社した会社が大好きだとわかった。社長がいて、事業部長がいて、部長がいて、課長がいて、チームリーダーがいるような場所に朝よぼよぼと出かけていって、タイムカードを押す。研修があって、伝票を切って、先輩がいて、同期がいて（私は中途入社だけど、中途同期がいた）、毎月給料が出て、労組があって、飲み会がある。会社の通達システムで昇進を知り、懲戒を知る。最初に入ったのは大きな会社の子会社だったから、偉い人は親会社から来た。出向もある。転勤もある。昼休みには同僚たちと人事の噂をする。なにこれ、ドラマみたいじゃん。

嫌というほど、御社と言って、弊社と言った。稟議を出した。出張申請も、立替金申請も散々出した。しれっとタクシーに乗った交通費精算を出して、電車に乗れと怒られた。

辞めてフリーランスになり、自宅でひとりで仕事をするようになって、私から、会社らしさのぜんぶがなくなった。

ただ起きて、自分の仕事をする、する、する。終わって、寝る。請求書だとか、書類は取引先に出すけれど、誰にもハンコはもらいにいかない。昼もひとりで食べる。上司も、先輩も、同僚も、同期も、ここにはいないのだった。

最後に勤めていた会社の前の道には街路樹にヨウコウザクラが植えられており、ソメイヨシノよりも少し早くに咲きはじめる。道行く人が写真を撮る。昼どきにオフィスビルから外へ出てくる人たちの服装が、この頃になるとずいぶん軽くなる。

足をとめてすこし眺めて、会社で顔を合わせる人たちに、たいした感慨もなくついでみたいに「咲きましたね〜」とやりあうことは、実は私にとって桜を楽しんだ手ごたえ、達成感をわかりやすく持たせてくれていたのだ。

今年はそうやって、カジュアルに人と桜が分かち合えなさそうだぞと、ひとりで仕事をしながら身構えて、それで例年以上に怖かった。

私はエッセイストになった。朝から晩まで、今はエッセイを書いている。そんな職業本当にあんのかと、あっても自分じゃないだろうと今なお新鮮に驚くけれど、あるし、私だ。

春に書いたあちこちの文章に、怖い怖いと書き散らしてしまった。書くよりも、声に出してさびしいと、言えばよかった。

ふたりとひとりの奔放と気まま

午後、講談社佐久さんより電報「シンブンレンサイイタダキタシ」
明朝早く東京へ帰ると主人言う。雨が降ると、すぐ帰りたくなるのだ。

昭和四十年七月七日【上】

武田百合子の一次的な印象を「闊達で気丈で構わない」と雑に書いた。そのうえでもう一声、言い表そうとして浮かび上がる言葉が、奔放だ。

奔放ではあると思う。ぱっと思ったことを、そのまま後先考えず声に出す様子はしばしば描かれる。とはいえ、そう言って片づけられないところもあってどうも「奔放」の言葉が行ったり来たりする。日記を読めば読むほど、奔放であってけっしてそうでない不思議なパーソナリティが感じられる。理由のひとつが、百合子を凌駕する泰淳の気ままなさまではないか。

家の長として夫がいて、となりに妻がいる。泰淳の言うことを、とにかく百合子はそのまま受け取るのが基本的な関係性のように見える。時代背景も感じさせる夫婦の枠のなかにあって、ユニークに立ち上がるふたりの立体感が『富士日記』の魅力なのは間違いない。

泰淳の気ままさは、家の長が長らしく発揮するトップダウンのようであって、それにしてもトリッキーで個性的だ。とにかく予定が流動的で、ひらめくように旅立つし、思い立って帰ると決める。事前の段取りが好きな私などは読んでいてはらはらする。

この泰淳の反射神経のままに動く百合子の様子もまた「らしい」ように見える。なにか言うこともほとんどなく、ゲーム中に新しい指令が出たみたいに抗わず応じるのは、服従でもなく、諦念でもなく、愛のようにもどうも見えず、純粋だ。

私には、ひとりで移動している最中、そろそろ昼どきだから、駅の立ち食いそば屋に寄ってわかめそばを食べようかなと思っているのに、身体が自然とすたすたそば屋を通り過ぎ、なんでかコンビニに吸い込まれていく、といったようなことがよくある。

そば屋に寄るつもりが、コンビニでおにぎりを買って自宅に帰り、家で静かにおにぎりを食べながら、どうしてこうなったんだろうと思う。

行くつもりだったのを忘れたとか、行くつもりだったのだけど気が変わったとかじゃなく、行くつもりなんだけど行かない。たったひとりのなかなのに、奔放と気ままがこんがらがって渋滞する。

先日は、打ち合わせと打ち合わせの間に時間を潰す必要があって、この街だったらサブウェイがあるな、よし、サンドイッチを食べながらコーラを飲もうと思いながら、まったく別のパン屋に入って気付けばイートインの席に座ってピザみたいなパンを食べながらコーヒーを飲んでいた。おそらく、深層心理みたいなところで、そば屋ではなく、サブウェイではなく、コンビニやパン屋を選び取っているのだとは思うのだけど、それにしてもあまりに無意識的な行動で、なんでこうなったんだろうとぽかんとする。

買い物もそういうことが多い。もちろん事前に買い物リストを作って店に乗り込んで、書いてある通りのものを買って帰る、ちゃんと周到さを発揮することの方が多い。ただ、たまに、なんだかぼんやりぽかんとして、ぜんぜん関係のないものを買っていたりする。

こういうときに、私という人間を、私は乗りこなせていないと感じる。

泰淳は山荘にいても雨が降るとすぐ東京に帰りたくなるらしく、それを百合子は観察して察知している。気ままな人にもどこか法則性はある。

泰淳の意向に百合子が合わせる様子を純粋だと書いた。

私のなかにある深層心理的な気ままさも、純粋さからくるところがあるのかもしれない。そばを食べるつもりがコンビニに入っておにぎりを買う。なんでそばではなくっておにぎりを食べているのだろうと、自らの純粋な気持ちに従わされたことにも気づかず私は不思議に思っている。

運動の生息

私たちがすすめられた座ぶとんに坐ると、小母さんは大きな体で、「こんにちわ。わたしは忍草母の会の者です」と、読本を読みあげる小学生のように言って、手をついて挨拶をする。私は座ぶとんをずらせて、「はじめまして。こんにちわ」と手をついて挨拶を返した。

昭和四十四年四月二十五日【中】

山荘の家族と、それを取り囲む周辺の人たちの様子を日々のくり返しとともに淡々と描く『富士日記』にあって、突如としてドキュメンタリーの雰囲気が立ち上がる箇所がある。そのひとつが、忍草《しぼくさ》母の会の、詰所らしい小屋を訪れた日の記録だ。

自衛隊の北富士駐屯地周辺を古くから生業に使っていた土地の人たちによる、土地の権利を訴える運動団体が忍草母の会で、なぜ母の会かというと、土地が使えなくなったことで男性がよその土地に出稼ぎに行かねばならなくなったことから、残った女性らで結成したからだそうだ。

泰淳に促されて入った小屋にはテレビがあって、毛布があって、酒瓶があって、茶碗が洗ってふせてある。詰めていた女性から運動の様子の話があり、しゃべりながら、お湯でほっかほかにあたためた手作りの草餅がふるまわれる。埋まるほどの砂糖をかけ、その上からきなこをまぶした草餅に百合子は「おいしそうな草餅!!」と感激して完食し(きなこと砂糖もなめたとある)、するとおばさんはりんごもむいて出してくれる。

激烈だろう抵抗運動のとなりの、リアルな生息の横を通り過ぎる。

帰りに泰淳が寄付を申し出るのだけど、このときの様子を百合子は「恥ずかしそうに」と書いている。

全国学校給食集会という集まりを取材したことがある。

全国から給食の関係者が集まり、より良い学校給食を目指してディスカッションする大会だ。

給食を通じた食育の例の紹介があり、食べ残しが減った成功談が共有され、思わぬ体験が語られると会場には大きな笑いが起きた。この年は東京開催だったのだけど、東京から遠い学校からもたくさんの人たちが集まっていた。

どうやらこの集会では、給食のセンター方式や民間委託に反対し、自校方式を維持もしくは復活、拡大させようというのが総意のように感じられ（すごい熱気と人数だったから、もちろん意見は多様だったとは思う）、ああ、これは運動なんだと、はじめて目の当たりにし迫力に圧倒された。

その年の夏には自分にも子どもが生まれた。小学校に上がって（給食は自校方式だった）、学童保育クラブに入所した。

クラブには保護者の会がある。毎月一度、交代で区の連絡会に出席することになっていた。忙しい父母も多く、当時私は会社で時短勤務をさせてもらえていて少しは融通がきいたから、出られない人に変わってそれなりの回数出席したのではなかったか。

会は人々の仕事が終わった夜に公民館で行われる。数名の子守役に子どもをあずけ、参加者は板張りの床に車座になる。順番に各クラブでの保護者行事の様子などを話す。こんなアイディアをキャンプで試したら子どもたちが喜んだ、こんなふうにスポーツ大会を運営したらスムーズだった等が和やかに共有されていく。

そうやって、学童保育クラブや、共働き家庭における子育て情報をシェアすることが趣旨なのだけど、最後に会長から、都内全域、さらに全国の学童保育関係者らが集まる会議に参加した情報や、区に提出する陳情書の内容が周知された。おお、ここにも運動があった。連絡会の会長の子は学童保育クラブをもう何年も前に退所し、すでに社会人なのだと後で知った。

さらにその頃、食材の宅配を目当てに入った生活協同組合が、生協のなかでもとりわけ社会派の団体だった。

遺伝子組み換え食品にできる限り抵抗した食材を提供する、というのがこの組合の信条で、より安全なものをという意気込みが、配達される食材と一緒に届くカタログやちらしからびしびし伝わる。

一度声をかけてもらって利用者が集まるお茶会に出席したところ、クリスマスに届いたケーキが最高だった、やっぱりここの生協のお米は完璧といった食材のおすすめが口々に交わされるなかで、今後のより良い食のために生協をどうしていくかが活発にディスカッションされるのだった。

隣に座った熱心な組合員の方が「家族に、うちのお母さんは生協で市民運動をしてるって言われてる」と笑っていた。

運動の近くを通り過ぎる。恥ずかしそうに寄付を申し出た泰淳の気持ちが、すごくわかる。

全国学校給食集会の参加者も、学童保育の保護者連絡会の会長も、生協のお茶会で話す人も、みんな「私たちがやっていること、考えていることを知ってほしい」のだと言っていた。

そう言われることで、自分は深くかかわらずにただいるだけであることの罪悪感が少しやわらいだ。

全国学校給食集会で、給食のモチーフがちりばめられたオレンジ色のナプキンを買った。パンとか牛乳とかりんごや魚のイラストが描かれている。お弁当を包むのに使ってもうだいぶ端がすりきれてしまったけれど、ずっと気に入っていて、まだ家にある。

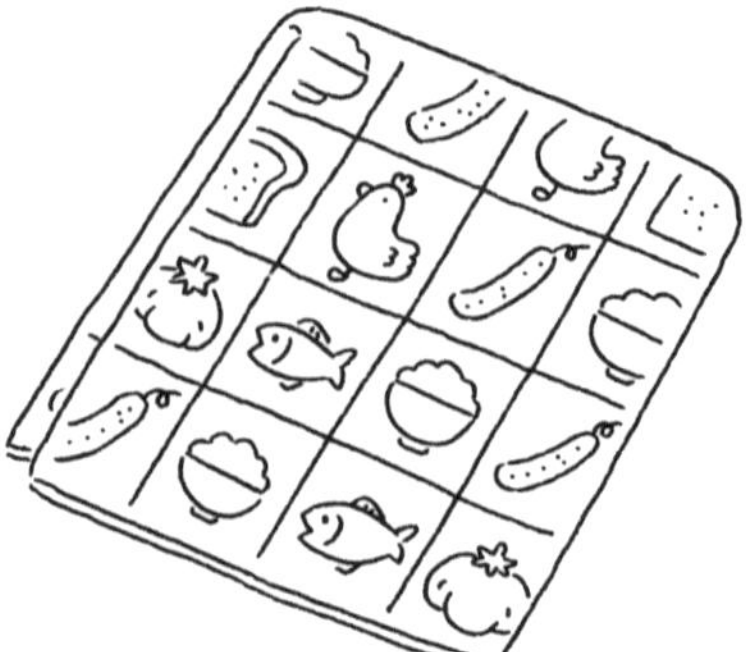

映画は大胆に観る

大人二人で二千四百円。入ると「ジョーズ」がはじまっている。〔中略〕花子と私はおにぎりを食べながら観る。九時位になると二人増えて、私たちが九時半に出る頃には十四、五人となる。
ここは全部で十二、三人の客に、しょっちゅう呼出しがかかる。黒い幕をくぐって音もなく小母さんが入ってきて、すぐうしろで急に「アスミの何とかエミ子さあん」とどなるので、ジョーズがいつ出るかいつ出るかと思って観ている皆は一斉にギョッとする。

昭和五十一年八月七日【下】

最近ではほとんどの映画館が全席指定の入れ替え制だ。座席自由、入れ替えなし方式も残ってはいるけれど、今や珍しい。

この全席指定、入れ替え制はシネコンの広まりとともに一般化したらしく、時期的には一九九〇年代の終わり頃からじわじわと、ということのようだ。一九九〇年代前半のうちはまだ商業施設に入ったシネコンでも、座席は自由で入れ替えもなかった映画館があった。一九九二年に公開されたディズニーのアニメ映画『アラジン』を、あまりに感動して妹と一緒に二回続けて観た覚えがある。あれは埼玉県の新所沢にあったPARCOの映画館だった。

『富士日記』には当時吉田の街に五軒の映画館があったと書かれている。うち数軒がポルノ専門で、一軒は任侠もの専門の小屋だったそうだ。

かつては人が少しでもいればそこに映画館が建った。

私は一時期、東京の目黒区と品川区にまたがる西小山駅のあたりで暮らした。旧東急目蒲線、いまの東急目黒線の沿線で、各駅停車しか止まらない。となり駅の武蔵小山は長い商店街が有名で、西小山も便利な良い街だけれど、繁華さでいえば今も昔も武蔵小山が圧倒的だ。

そんな、〝じゃないほう〟とも言える西小山駅周辺にさえ、昔は映画館が、しかも複数あったのだと聞いたときは驚いた。つい反射で、要る!?と、思ってしまった。要ったのだ。映画という娯楽が、それくらい熱く希求されていた。引用は吉田の映画館で百合子が娘の花を連れてかの『ジョーズ』を観た日の日記だ。観客も映画館側も、いまではあり得ないほどに映画館での鑑賞態度がカジュアルで笑ってしまう。

始まっているところを途中から入って、握って持ってきたおにぎりを食べながら観る。少ない観客しかいないにもかかわらず、やたらに呼び出しがかかる(なぜだ、映画館に人を尋ねてくる人がいる?電話がかかってくる?)。

映画に集中したい、お互いにマナーを守って楽しく鑑賞したいという気持ちのうえではいまの方が適しているのだろうけど、これくらい大胆に適当に観る映画も可笑しい。

数年前、スクリーンに向かって声をかけて応援したり、一緒に歌を歌うことが解禁されている上映回が話題になった。構わず自由に観ていい回、昭和回もあってもいいかもしれない(いや、どうだろう)。

映画との接し方の今昔にふれ、ひとつ合点がいった思い出がある。小学生の頃のことだ。

私は父方の祖父に、サンリオが制作したアニメ映画『ぽこぽんのゆかいな西遊記』が観たいとねだって連れていってもらうことに成功した。

のだけど、街に到着すると祖父が「はじまるまでにまだ時間がある。あっちじゃだめかい?」と別の映画のポスターを指差したのだ。記憶の上でそれはハリソン・フォード主演の『今そこにある危機』だった。

繰り返すが、私が観たいのは『ぽこぽんのゆかいな西遊記』である。ぜんぜん違う!と総毛立った。祖父の指差すポスターに写るのは知らんおじさんの顔だ。ハリソン・フォードが素晴らしい俳優であると知るのは、私にはまだずっと先なのだ。

祖父は大変なせっかちで、待つことが苦手な人だった。そこをなんとか説得して私たちはからくも『ぽこぽんのゆかいな西遊記』を観た。

あのとき、なぜ祖父はまったくジャンルの違う映画を代替えにできると思ったのか、せっかちにしてもたいがいだとずっと謎だったのだけど、祖父にとって映画というのは、適当に行ってやってるやつを適当に観る、気楽なものだったのだろう。

調べたところ『ぽこぽんのゆかいな西遊記』は一九九〇年公開で『今そこにある危機』は一九九四年公開と時期に差があった。私がコレジャナイと嫌がった映画は、では何だったのか。探してみたけれど『今そこにある危機』くらいピンとくる作品は見当たらないままだ。

祖父とはその後、私が十九歳になった頃にふたりで『アルマゲドン』を一緒に観に行っている。ちゃんと私が上映時間を調べた。

シャトルバスのヒッチハイク

〈R大学ハワイアンの合宿で管理所のそばの知合いの別荘を借りてきている。その一人が水曜日にゴルフ場の駐車場で無免許運転練習をして車を大破し、自分はハンドルに顔をぶつける怪我をしてA病院に運ばれた。大破した車はレンタカーで十六万円支払わねばならず、その金策と処理にもう一台きていた車は東京に行ってしまったので、足がない。管理所のトラックで今朝一度下ったが、とてもゆれるので退院直後の者は乗せられそうもない。退院者を乗せて帰るのにはタクシーを雇うが、往きだけでも、ついでがあったら乗せてくれないか〉

昭和四十一年八月二十七日【上】

まじで何をやっているのかよという話である。

引用は、道にヒッチハイクをする若者を見つけた百合子が、怪しい者ではなかろうかと、なんで乗せてほしいのか聞きだした、その事情だ。

交流のあった人から聞いた話が克明に記されているのも『富士日記』の特徴で、人々の話こそが、この日記の世界を広げている。

現代にもおしゃべりな人はたくさんいて、出会いもするはずなのだけど、それにしても、『富士日記』の登場人物たちはよくしゃべるなあという印象がある。百合子のさばけた様子がそうさせるのか、サービス精神旺盛にグレーなこともブラックなこともひょうひょうと語る。

大学生のこの話もやけに詳細だ。事故で入院した友人を病院まで迎えに行きたいというだけではないディテールが暴露され、レンタカーの賠償金が十六万だということまで明らかとは、味わいがほとばしる。

私も一度だけヒッチハイクをしたことがある、というか、行きがかり上、行動がヒッチハイクみたいな事態になった。

山の中の宿泊施設に泊まる取材の仕事があり、都合で夜中にひとりで現地まで行かねばならなかった。施設の周辺には駅がなく、鉄道で行ける一番近いところまでは電車で行って、そこからさてどうしようと困ってしまった。

本当は四十分ほど歩いていくつもりだったのだけど、到着してみて行くべき方向に街灯もなにも無いことを知った。道は向こうまでずっと真っ暗だった。

事前に調べてわかっていたとおり、路線バスもう終バスが行ったあとで、けれど気づけば向こうから、駅に向かってバスが走ってきた。路線バスではなく、宿泊施設の近くにあるショッピングセンターと駅を結ぶシャトルバスだった。

バスからはぞろぞろとお客が降りてくる。乗車を待つ客はいないようだけど、こんなに降りる人がいるのだから乗っても不自然じゃないはずだ。

そうしてしれっと乗り込んだところ、運転手さんが「これから行くんですか」と驚いている。ショッピングセンターはすでに閉館しており、いま降りてきたのはみんな、買い物客ではなく店員など館内で働く人たちだったらしい。

調子は良いけれど押しの弱い私だ。普段だったらすぐに謝って降りてしまうところなのだけど、この日はどうにも後がない。運転手さんの、柔和な顔つきと物腰の優しい様子に甘えて事情を話した。このままでは宿泊施設まで歩いていかねばならないんです、もちろんシャトルバスのルート上でかまわないから、施設に近そうな場所に降ろしてもらえないでしょうか。

そういうことならと、運転手さんはシャトルバスのルートを外れ、施設までかなり近いところまで乗せてくれたのだった。

無事に宿泊した翌朝はいい天気で歩いて駅まで戻った。途中、シャトルバスで送ってもらった道を見て驚いた。舗装されず砂利も敷かれていない山道だ。昨日は雨が降っていた。朝になってもまだ道はぬかってどろどろだった。シャトルバスのタイヤがかなり汚れてしまったのではないか。

合宿でレンタカーを大破させた大学生のようなろくでもない背景はないけれど、振り返れば私のやっている方がずっと無茶かもしれない。

今になってみれば、駅からだったら時間がかかってもタクシーくらい呼べたのではと思う。あの頃はまだ若くって、移動には公共交通機関を使うか歩くかしか選択肢が思い浮かばなかった。タクシーという選択肢が身についたのは三十代も半ばに入ってからだ。

ところで、ヒッチハイクの大学生たちはR大学のハワイアンの合宿でやってきたと言っている。私も短大時代にハワイアンサークルに入っていて、珍しい名前のサークルだと思っていたから、これには驚いた。

どうやら、「ハワイアン」と名のつくサークルはあちこちの大学にあるようだ。どのサークルもいまやハワイアンミュージックには取り組んではおらず、おおむねが軽音部、バンド活動をする場として運営されているようだ。私の参加していたサークルもそうだった。

日本では六〇年代に大変なハワイアンブームが起きた。その頃に創設されたサークルが、名前はそのまま、取り組む音楽のジャンルを時代の流れに乗って変化させたらしい。

百合子が大学生たちを車に乗せて病院まで連れていった（なお、退院した学生も乗せて帰り道も送ってあげている。A病院は汚く、食事もまずいらしい）のは昭和四十一年、一九六六年だから、きっとこの大学生たちは車を大破させながらも、そもそもはハワイアンミュージックを演奏しに合宿に来たのだろう。

形骸化したハワイアンの名を、せめて残すために私たちのサークルでは夏の合宿で一曲だけハワイアンの曲を練習する習わしになっていた。曲は「Pearly Shells」で、弾けるようにはならなかったけれど、今も歌える。

三つずつ二膳の餅

ぶどう酒で祝杯。雑煮（とり、ぎんなん、紅白のかまぼこ、みつば）一人三つずつ餅をいれ、二膳ずつ食べる。

黒豆、お多福豆、こぶまき、栗きんとん、だてまき、かまぼこ、ごまめいり。

昭和四十年一月一日【上】

元旦、雑煮の餅の量が多い。

三つずつ入れて二膳ずつというのは、ひとりが計六つ餅を食べているということだろうか。いや、さすがにそれはないか。三つ入れておつゆだけ二膳か。

この家族は（というか、この頃の人は、という方が正しいかもしれない）、読んでいると私などにはずいぶん健啖《けんたん》に見える。六つ食べていてもおかしくない、しれっとしていそうな雰囲気だ。私は胃が小さくあまり量が食べられない方だというのもあって、まぶしい。

正月の雑煮に入れる餅の数といえば、元旦はひとつにしておいて以降三が日にひとつずつ増やすことでげんを担ぐ習慣を、以前友人から聞いた。この縁起担ぎは友人宅のオリジナルではなく広く存在するらしく、元旦から元気いっぱい全員三つ入れる武田家の構わなさが輝く。

昭和四十年のこの年のお雑煮はどうも東京風の雑煮らしい。けれどそれが例年というわけではないようで、翌四十一年の元旦の日記には「お雑煮（豚肉、かき玉、ねぎ）」とある。武田山荘では正月でなくても雑煮がメニューに登場するし、雑煮というものの存在があるひとつのイメージに固定されず自由だ。卵を使った雑煮はかつては関東の甘味処によくあったメニューだそうなのだけど、私は食べたことがない。豚肉を入れるのも少し意外に感じる。

子どもの頃は、自宅で元旦を迎え、それから父母それぞれの実家に挨拶にまわるのがならいだった。お雑煮は元旦の朝に自宅で食べる。母の雑煮はかつおだしの醤油味で、具は鶏肉、小松菜、にんじん、里芋、大根。餅は焼いた角餅だ。餅は所望の数を父に伝えると、トースターで焼いてお椀に入れてくれる。餅は今も昔も大好きで、けれどだからといって飛びついて、雑煮の餅の数を欲張った覚えはない。きっと食べたとしてもひとつとかふたつだ。それよりもずっとたくさん食べた記憶があるのが、翌日以降に行く父の実家で出たきなこ餅だ。

正月の父の実家はいつも人でぱんぱんだった。交代で挨拶をするはずが、なんとなくみんなそのまま居残ってしまうらしく、普通の民家がぎゅうぎゅうに混んだ。

お重に入ったおせちや、それにお雑煮も振舞われたはずで、けれど印象的なのは大皿に山のように盛られた中村屋の中華まんと、きな粉餅だ。私を含めた孫勢がまだみんな子どもで、お腹を空かせた子ども対策としてのメニューだったのだろう。

中華まんは、大きな四角い金色の二段の蒸し器でしゅうしゅう蒸しあげる。お餅は焼いていると時間がかかるから、大きな鍋で一気にゆでていた。ゆで餅だったから、磯部巻きにはせずにきな粉餅だったんじゃないかと思う。

ある正月、いつものようにわっとかき込むように喜んで食べたきな粉餅の味が変だった。なんとなく言い出せず、けれど食べた子どもたちはそれぞれに違和感に気づく。どうしようという雰囲気が目配せといっしょにじわじわと広がって、しばらくして気まずさの空気の振動は祖父にまで到達した。

祖父が祖母に「砂糖と塩、間違えてるみたいだ」と伝えた。

祖母は台所のシンクの隣のワゴンの上に、プラスチックの白地に黄色の花柄のついた二連の小引き出しを置いて砂糖と塩入れにしていた。引き出しの中にはすくうためのスプーンもつっこんである。

いつものようにゆであがった餅にばっと大量の砂糖ときなこをかけた……はずだったのだけど、砂糖のはずが今日だけうっかり塩だった。

祖母は「あちゃあ……」と苦笑いして、けれど大きくショックだったと思う。そういうキャラではないのだ祖母は。しっかりものでなんでもできる、当然料理も上手で聡明な人だ。

すぐに作り直して、今度は間違いなくたっぷりの砂糖をかけた。

そうして「いよいよ、仕方ないか……」と言いながら例のプラスチックの容器の引き出しに黒い太マジックで「しお」「さとう」と、それはそれは、大きく書いた。

「書かないのが私の誇りだったんだけどね」

このような悔しい過ちを二度と起こすまいとして、ぶち切れるように誇りをかなぐり捨てた祖母を見て、私はかっこいいと思った。

リテイクのきな粉餅はみんなのお腹に一瞬で消えた。私も三個くらいなら食べたかもしれない。それでもさすがに、六個は無理だ。

涙が出て、それから笑う

「黒い雨」を読む。涙が出て、それから笑う。

昭和四十六年八月四日【下】

百合子は井伏鱒二の愛読者だ。山荘には井伏全集が持ち込まれ、毎年、夏になると『黒い雨』を読む。

『黒い雨』が、広島への原爆投下を描いた小説作品だということだけは知っていた。悲惨そのものをとらえた歴史的な名作だから、いつか必ず正座で読まねばなるまい。が、今はまだ心の準備ができていないのですと、まったくふがいなく、目を背け続けてしまった。

いっぽう、ことあるごとに『富士日記』は読む。読めば百合子が『黒い雨』

を開く。

私も今年こそはと思って、けれどやっぱり先延ばしになって、そうするうちになんの拍子にか井伏鱒二ファンとなった息子が、私よりも先によどみなく『黒い雨』を読んだ。

えらい。そう思った。

戦争やその惨状を理解しようと努力することが、私はこわい。回避してぬけぬけと生きたい気持ちがある。だから、戦争体験に向き合うことを「えらい」と思ってしまう。毎夏『黒い雨』を開く百合子に対しても「えらいんだなあ」と思っていた。

なんだろう、「えらい」とは。どこか一線を引いて、私と違ってあなたは崇高であると、いじけて諦めているようで、良い性根ではない。

身をよじるうちに、さっさと『黒い雨』を読み終えた息子が「これ、こわくないよ」と言ったのだった。

もちろん原爆が投下された直後の街のさまはとんでもない。何週間後の描写も、被爆した体に蛆《うじ》がわいたり、皮膚が剝がれたり、痛々しい。でも、こわくないよこの本は。あったことが書いてある。こわがらせようとしていない、おどかそうとしていない、淡々としてる、だから読めるし、読めば何もかもおそろしい。というのが、息子の感想だった。

それで、やっとだ、やっと八月に入ってついに私も読んだのだった。こんなに読みやすい、言い方を慎重にせねばならないが、〃おもしろい本〃だとは思わなかった。

原子爆弾を投下された広島のその瞬間から後の様子を、二年後に当時の日記を清書するかたちで振り返る構成でつなぐ。壮絶な地獄のなかで、真実に起こったことだからこその省略できない詳細な時間がある。

流れるすべての時間があるということは、そこにあるのが、いわゆる悲劇らしい悲劇だけではないということだ。現実の悲しみや恐ろしさは、現実の時間軸で起こる。現実の時間は長い。時間の長さに、いたしかたなさが入り込む。

命からがらの避難のさなか、目が痛い。頭に血がのぼっているのだろうと、子供の頃に鼻血を止めるのによくやった後頭部の毛を三本引き抜くという治療法をやってもらう。焼け跡でかがんで骨を探す人が腰を伸ばしているのを見て、潮干狩りの光景を思い、金庫が焼け残って転がり、ああの家は金庫を持っていたのだと思う。

原爆を投下することは、投下する側にとっては物語だ。けれど落とされた側にとっては現実でしかなく、そこには毎秒ちゃんと時間が流れる。それを『黒い雨』は物語で教えてくれる。

〝戦争はいやだ。勝敗はどちらでもいい。早く済みさえすればいい。いわゆる正義の戦争よりも不正義の平和の方がいい〟（新潮文庫）とある。それが、メッセージとしてではなく、原爆を投下された広島の街にいる、あるひとりのたったいまの心情として書かれる。それが『黒い雨』だった。

目を見開いて息を止め、一気に読んで顔を上げて息を吸った。

あわてて『富士日記』に目を戻すと、『黒い雨』を読んだ百合子が、涙が出て、それから笑ったのだと書いている。

私にとって、いきなり人生のベスト十冊に入る小説になった。私も涙をこぼして、すこし笑う。被爆した翌日に寝床から起きない身を感じて、まじめに冗談を思い浮かべる一文がある。

僕は寝床に起きあがろうと思って身を動かしたが、肩や足腰が引きちぎられるように痛かった。疲れのためとは云え痛さが普通とは違っている。仰向けから横になるのが辛いのだ。僕は一策を案じ、右手でズボンのお尻のところを横ざまに引張って体を横にした。次に、体を縮めて尻を立て、肘をついて少しずつ上体を起して行った。腰骨神経痛の患者が起きるときの恰好である。片肘をつき、片方の手を立てて身を起すのだ。この場合、片肘ついた手は、さながら日本舞踊を踊る人が伏せって起きるときのような恰好になる。日本舞踊の創始者は、腰骨神経痛で苦しみ抜いた人ではなかったろうか。僕はそう思った。

正義の戦争よりも不正義の平和の方がいい。私もそう思う。

反転を感慨するためだけの訪問

いつも溝の口から御殿場、という往きの道ばかりで、今日はじめて、逆に帰りの道を通ったが、往きの景色や方向のくせがついているので、帰りにこの道を使うと、体がねじくれているみたいで妙な気持。高井戸の公団アパートにいるとき、向いのKさんの室に行くと、間取りはそっくり同じなのに、向いあっているので逆のようで、体がねじれているように感じたのと同じ。

昭和四十年六月二十七日【上】

日記をまいにち書いていると、どうやら話すほどでもないことの中に書くことはあるようだぞと思えてくる。誰かと話すことと、孤独にひとりきりで感じることのあわいに、書き記すことは挟まっている。

行き帰りで道の体感が反転する。アパートの逆の間取りに鏡にうつる世界のような違和感がある。その両方が、誰かに話すほどでもないままに頭で繋がる。ほんのちょっとしたひらめきに、世界が自分の目だけに独特に輝いて見える。


母方の祖父母が入ったお墓が東京の清澄白河の墓地にある。一般的な墓地同様、区切られた敷地にお墓が並んで、あいだが通路になっている。子どもの頃、私たちきょうだいのなかで、この墓地においてはお墓へ行くのと帰るのとで道を変えねばならない、ということになっていた。

土葬の時代、墓地に棺を埋葬したあとで、帰りは道を変える慣習があった。名残で墓地でも同じように行きとは別の道で帰るならわしは実際あるらしく、誰か親戚に言われたのがきょうだいのあいだで残ったんだろう。

祖母が亡くなって、祖父も亡くなった。法事やお彼岸に墓参りをして、そのうち私たちきょうだいは徐々に成長して大人になった。

一番最近の法事の頃にはもう全員三十歳を超えて、かつてのように帰りに遠回りはしなくてもいいかと、来た道をそのまま帰ろうとしたら、なるほどこれがねじれるような体感かと思わされた。

墓地の道はくっきりと碁盤の目のようになっている。正しく右と左が反転した。

間取りの反転を目の当たりにするのは、墓地のはなし以上に体験としてビビットだ。

子どもの頃に暮らしていた低層の、団地のようなマンションがまさにそういう間取りをしていた。一階の入り口がいくつかに別れていて、三階までの各階で二軒の家が向かい合っている。向かい合う二軒は間取りがさかさまだ。

マンション内で、反転した側の家に暮らす子どもを見つけると家を見せてもらう。妙だと感じやすいのは台所と洗面台と風呂場だ。廊下からの出入りが逆で、くっついている設備も真逆だから、頭がねじれる。

子ども心に、なんでこんなふうに造ったんだろうと思った。みんな同じように造ればいいのに。

思ってから、いや、こういうことになってしまったのだと、二軒の家を向かい合わせるように建てれば、どうしてもこうなるのだと素直にいたしかたなさに納得しながら、それって、ちょっと取り返しのつかないことではないのかと思った覚えがある。怖かったのかもしれない。

子ども同士、家の間取りの反転をひとしきり感慨するためだけに行き来して、あれは数ある自宅訪問の理由の中でも格別に純粋だった。

誰かと話すことと孤独に思うことのあわいを、わざわざ行動して味わっていた。

本当に現実とごっちゃになるときの夢の形

かにのコロッケをするつもりで「今日はおひるは、かにコロッケだよ」と主人に宣言してしまってから、納戸を探しても台所を探しても、かに罐はなかったので、ベーコンのコロッケにした。「あれ？　これ、蟹か？」と主人はけげんそうに食べる。「たしかに、かに罐が十位あると思ってた。でも探したら一つもなかった。かに罐が十位ある夢みたの」。申しわけなく私は答える。

昭和四十一年七月一日【上】

人に、寝ている間に見た夢を話したらいけない、夢は自分以外にとってはつまらないものだという言説が出回るようになったのはいつごろからなんだろう。

いわゆる夢オチが批判されるようになったあたりか。

夢って面白いものじゃないか。突飛でつじつまが合わず、物語の軌道に背いて背いて背いて紡がれる。人間の想像の可能性を感じさせてくれる。

それがなんだか迫害されて、夢の話はコミュニケーションにおける「知らんがな」の最高峰とされている。二〇一八年に放送されたNHKの朝の連続ドラマ『まんぷく』では主人公の母親が「人から聞いて一番つまらないのは夢の話」と言う。一般的にそういうものだという文脈で使われたセリフのように覚えている。

だから、夢は話さず日記に書く。

『富士日記』の時代にも、夢の話を人にするかどうか、そこにこじれた認識はあっただろうか。わからないけれど、夢の話はたびたび出てくる（たまに、百合子がドライブ中に眠ってしまってみた夢が出てくることもあってひやっとする）。

私たち家族のあいだに、箱に入ったファミリータイプの棒アイスについてのしきたりというか、習慣がある。買ってきたらまずは箱のまま冷凍庫に入れる。最初のうちは箱から一本ずつ出して食べる。箱の中が半分以下になったところで残ったアイスは冷凍庫に出してしまって、箱はつぶして捨てる、というものだ。最初から全部のアイスを冷凍庫にあけるとまとまりなく庫内に散らかるが、とはいえボール紙の箱は場所をとるからできるだけさっさと処分したい。そのあいだをとった習慣というわけだ。

ある日、冷凍庫を開けてはっとした。アイスの箱が入っている。すでに中身を出して箱はつぶして捨てたと思っていた。

あれは、夢だったのだ。

夢と現実をごっちゃにするとは、理想と現実を捉え損ねてファンタジーに生きることを揶揄する意味で使われることが多い。けれど、本当に現実とごっちゃになるときの夢の形は、限りなく生活と密接している。無いかに缶が十個くらいあったり、箱からアイスを出したりする。

最近息子に聞いた夢はいろいろな意味で現実とごっちゃだった。それを息子は「起きるための夢」と呼んで教えてくれた。

私が台所でインスタントコーヒーの瓶に直に熱湯を注ぎ出したのだそうだ。インスタントコーヒーは開封したばかりらしく、まだ瓶の上までぱんぱんに入っている。うわっ、何してんの！と、息子が慌てて止めようとすると、私はその瓶を差し出してこう言った。
「はい、インスタントコーコーコーコーコーコーコーコーコーコーコー」
コーコーコーコーコーコーコーコーコーは、目覚ましのアラームの「ピーピーピー」だったそうで、それで息子は目が覚めたらしい。ちょうど、インスタントコーヒーが切れて新たに買ったところだった。

『富士日記』には夢の話がかに缶のエピソード以外にもあると書いた。もうひとつ、私の好きなのがこれだ。

昨夜の夢。あさって会の人は全部つるつる禿げとなり、毛というものが一本もなくなって、私がしめ殺して重ねておいた夢。（昭和四十二年七月五日）

あさって会というのは、泰淳ら戦後派の作家による交流会のこと。梅崎春生や椎名麟三がいた。とはいえ、誰がとかじゃなく誰にしろ、どっちみちおだやかではない。

宿題をやらない人たち

ここのところ、花子は宿題を片づけるのにたいへん。

テレビをつけると「宿題はやりましたか」と、アナウンサーは、あやすような、おどすような顔つきをして声をかけてくる。湖で泳いでいても、ときどき宿題のことが、ひらめいてくるらしい。富士登山のとき、五合目から頂上まで、私と花子は一と言ぐらい話しただけで、あとは黙って登りつづけた。私の方は口をきくと「くたびれたから、山登りはやめよう」といいそうなので口をきかなかったのだが、花子の方は黙々と頂上へつくまで、宿題がやってないことばかり考えていたそうだ。

昭和四十一年八月二十八日【上】

花は昭和二十六年生まれだから、この夏は十五歳、中学三年生か。小学生のように天真爛漫にうっかり宿題をやらずに今になって慌てているのではなく、ちゃんとわかっていながら本格的に宿題をやらずにうなされている感じがあって、いい。

小学校、中学校と、私は宿題に無頓着だった。

小学五年生のときに転校を経験しており、転校前まではそれでも見逃してもらえたというか、目立たなかった。ぼんやりした子の多い学校だった。転校して急に様子が変わったのには驚いた。転校先は公立校にもかかわらず勉強もスポーツも優秀な子の多い学校だったのだ。

宿題以前に、これは何かがおかしいぞと、如実に感じたのが転校してすぐの水泳の授業だ。転校前の学校には水に顔をつけられないような水泳の苦手な子が何人もいたのだけれど、転校先の学校ではほとんどの子が二十五メートルを泳ぎ切ることができた。クロールで二十五メートル泳げないと隣にある中学校に進学できないとの噂があり、五メートルのけのびくらいしかできなかった私は青くなった。

この学校では多くの子どもがなんでもよくできた。運動会では全校生徒が行進しながらリコーダーを演奏するという謎の演目があり、四年生から上の児童には五曲の暗譜が課せられた。これが、全員ちゃんと吹けるのだ。私は転校生だからという理由である時点まではできなくても見逃してもらえたものの、転校生だからじゃない、この子はさぼっているだけだと音楽教師にばれてそこからはちゃんと怒られるようになった。

宿題も同じだった。転校前の学校にはやってこない者、やったが家に忘れてきた者（このなかにはきっと純粋にやっていない者も含まれただろう）が多くいたのだけど、新しい学校はみんな平然として宿題をすませて登校してくる。森に隠された私の不出来さが、新しい学校では木のない隠れる場所のない開けた大地で明らかになったのだった。

朱に交わって赤くなれればよかったのだけどそううまくはいかず、私はおちこぼれたまま小学六年生になり、中学校でもそのまま私らしく生き続けてしまう（結局泳げるようにはならなかったが、進級はさせてもらえた）。

夏休みの宿題といえば、中学二年生の宿題の記憶が鮮烈だ。

私はこの年、自由研究をやらなかった。

人々がそれぞれに中学生らしい研究や工作の成果を持ってくるなか、私は手ぶらである。

できる人々のなかでも、ひときわ勉強がよくできるうえ帰国子女で英語も堪能、コンピュータにも詳しい西川くんが「古賀さん……宿題は出したほうがいいよ……」と憐れみを通り越して懇願するように言う。素直に受け止めて、私は放課後自宅にかけ戻った。

台所のテーブルの上にあった黒い包装紙を正方形に切り、折り紙で鶴のほかに唯一折ることのできた立体の蓮を折ると、そこらにあった額縁に挟んでぎゅっと潰して額装し、学校に戻って提出した。西川くんは一転「なんだこれ」と笑った。

大人になって、夏休みの宿題を私同様やらなかった人に何度か出会った。その全員がライター仲間で、そういう荒くれ者が文筆業のような、どこかつかみどころのない仕事を生業とするのかもしれない。

無頼な様子で学校生活をやり抜けた私だが、どういうわけか大人になったらちゃんとした。二十歳くらいまで自室がめちゃくちゃだったのが嘘みたいに片付けが得意になった。あれだけやるべきことをやらなかった反動のように、書類や伝票の作成といった手続きまわり全般は、もはや趣味のように好きで、書類を整えて提出する早さには今や定評がある。

そうして子どもを持ったとき、宿題、特に夏休みの宿題が大きなプレッシャーとして自分にのしかかるのに気がついた。自分が子どもの頃はあんなに構わなかった宿題が、今はずっしりとしてタスクとして感じられる。

どうスケジュールしたら無理なく子どもたちが取り組めるか、ほとんど生まれてはじめて苦慮した。なんと、毎年夏になるとストレスから過食ぎみになり太るくらいに悩まされた。

低学年のうちは細かくサポートすればよかった。高学年になったら手を貸さず子ども自身にハンドリングさせるべきだと考えて、それがまたプレッシャーになった。手を貸してはいけないけれど、達成してもらいたい。夏休みに入ったあたりで宿題の一覧を一緒に眺め、きみを信じている、どうかなんとかやり切ってくれたまえと手放して、ギンとした目で見守って心労でやっぱり太った。

ノンストレスで夏を迎えられるようになったのは、二人きょうだいの下の子どもである娘が中学校に上がってからではないか。中学の宿題は難しい。面倒見の良い個別指導の塾に通わせているのをいいことに、塾に一任することにしたのだ。

百合子は中学生の花をただじっと見る。引用にある通り、この日は山中湖へ行って甥、花子にとっては従兄弟にあたる学生たちと一緒にのんびり泳いでいる。

塾に一任することにしたとはいえ、私などはやっぱりどうしても、やんなさいなくらい言ってしまう。

誰もいない家

帰り道を歩いていたら、便所に行きたくなった。Kさんもそうだというので、お百姓さんの家に入っていって、「ごめん下さい」と言った。おしっこなら草むらでしようと思ったけど、二人ともうんこに行きたかったので。お百姓さんの家からは誰も出てこない。〔中略〕靴をぬいで上っていってもいない。どの部屋をのぞいてもいない。奥の奥の方の便所まで行って、してきてしまった。それでも誰もいないの。黙ってしてはわるいと思ったけど。お百姓さんの家は広くて暗くて奥の方まであって、誰もいないのね。靴をはいて庭を出てきてもまだ誰もいなかった。

昭和四十四年七月三十一日【下】

引用は、友人と長野の学生村（この頃あった、山村の民宿や農家が夏季に都市部の学生を受け入れた試み）へ行って帰ってきた娘の花の話である。

知らない人の家に入るが誰もおらず、そのままついっと奥まで入ってトイレを借りてすませる。自分には経験はない、けれど、なんでだろう、その誰もいないさま、がらんとした空気には、覚えがある、知っている感じだ。

生活の気配がある。確かに誰かが住んでいる。誰もおらず、しんとして、しばらくのあいだここで誰も呼吸していなかった、新しい空気で充満している。照明は灯らず暗いが、夜寝て、朝起きた者はいたのだろうと思わせるちょっとの湿り気がある。

これは、帰宅した、誰もいない自宅に感じる独特の静寂じゃないか。自分の家だけれど、どこかよそよそしくツンとして静かだ。

私は五人きょうだいの長子として育って、母は専業主婦であり、子どもの頃、帰る自宅にはだいたい誰か人がいた。だから、誰もいない家は大人になった今でも特別で、知らない人の家にも自宅にも、独特の共通点があるととらえられるのかもしれない。

と、同時に、日記にあるような広い農家の家には、それはそれで、どこかに覚えがある気もするのだった。

映画『となりのトトロ』は農村らしき田舎の広い戸建へ、オート三輪に家財を積んだ家族が引っ越してくるところからはじまる。まだ雨戸が閉まって、暗い誰もいない、でも、ちょっと何かがいる予感がする家の様子が静かに映される。もしかして、このシーンが既視感として重なっているのか。

『となりのトトロ』はテレビで放送されたのをＶＨＳのビデオテープに録画して子どもの頃に嫌というほど観た。自分が成長しても、下のきょうだいたちが引き継いで観続けて、だから自宅ではいつも誰かがトトロを観ていた。

二十代の前半の頃、一時期コンテンポラリーダンスに憧れて、今はもうなくなってしまった渋谷のカルチャーセンターでモダンダンスを習っていたことがあった。

基礎練習で体を動かすことで体の可動域は広がったものの、いつまでたってもレッスンの後半で踊る踊りは振り付けが覚えられず、ずっと下手なまま、けれど人生ではじめて運動が楽しいと思えたから、とても好きな時間だった。

年長の女性の講師はいかにも職人的なダンサーで佇まいからウェアから全部格好良く、長年通っている先輩の受講者たちは熟練して巧みでそれもまた眼福だ。

カルチャーセンターはアパレルや雑貨のお店がテナントとして入居する商業施設の一番上にあって、さらにその上の階はオフィスエリアになっていた。いちど、受講前にトイレに行っておこうと、いつものように済ませて出てきたら、通りかかった事務員の制服を着た人に「誰ですか！」と驚かれたことがあった。何がなにやらわからず、謝ってカルチャーセンターの更衣室に向かうが、いつもの場所に無い。

間違えて上の階の知らない会社に入ってしまったのだ。

知らない会社のトイレで、うんこしてしまったのだった。

尻とへそ

「元祖へそまん」まで走り、へそまんで一番小さい折り百五十円のを買う。すぐ食べるからというと、湯気の立つのを折りに詰めて、紐をかけないで、輪ゴムをかけてくれる。観光バスが何台も停っていて、その車掌も二人、へそまんを買っていた。その人たちは、おとくいさんであるらしく、百五十円のを二箱で二百円にしてもらっている。車に戻って四個食べたら気が落ちつく。

昭和四十一年四月八日【上】

道中で「へそまん」を買って食べる様子は引用の他に何度も出てくる。『富士日記』はそもそも公開するつもりなく書かれたものだから、基本的に読者に対して取り上げる物事についてわざわざ説明しない。その手つきは、公開前提であってもなくても一般的な日記文学独特の気分で、実は日記らしさを支えるいち要素でもある。

「へそまん」も、それが何かは語られない。中央がくぼんでへそのように見えるまんじゅうだろうか。名前がユーモラスだから、何だろうそれはと思うこと自体がおかしくて登場するたびにちょっとうれしい。

埼玉県の飯能市、かつて私が家族で暮らした家の近くに「四里餅《しりもち》」という餅菓子を売る店がある。

尻とへそでつながって、へそまんが出てくるとこの四里餅を思い出す。

四里餅はやわらかい小判型のおもちの中に餡が入ったお菓子だ。構成としては大福と変わらないのだけど、小判の形を厚みなく平べったく成型することで、大福とは一線を画した風情と味わいが担保されおもむき深い。県道七十号、飯能下名栗線という、これぞ埼玉の車道といったおもむきのぎりぎり二車線のロードサイドに店舗がある。

小判型の向きに沿って焼印が押された方が粒あんで、横に焼き印が押されたのはこしあんというのが特徴だ。人気の品らしく、夕方には売り切れてしまうことも多い。

私は小学五年生の頃に、神奈川県からこのあたりに引っ越してきた。転校は寂しくて心細く、私はそもそも大反対だった。越したあと、やぶれかぶれで明るく過ごしてはみたけれど、納得はいかず、それからずっと中学に上がって高校に入って、短大へ進学して東京に出るまで、私はわからずやのまま薄くすね続けた。子どもの気分というのは、悲しくもそういう融通のきかないものだと思う。

そんな私を、言い過ぎではなく、四里餅はなぐさめた。この辺りもいいところなのだと、せめて思わせてくれた。

お店の裏には入間川が流れる。江戸時代、飯能の山奥で伐採された木材を江戸へ運ぶ際、いかだ師と呼ばれる、木材でいかだを組んで川を流して運んだ人たちが、餅を食べれば尻餅をつかずに四里を下り切れるという話があって、それが名前の由来になっているそうだ。

へそまんの店は、そもそもはへそまん専門のお菓子屋のように読める。それが徐々についでに植木の株や盆栽を売ったり、食堂があって「馬賊鍋」を食べさせはじめたとも書かれていて、旺盛に商売をしているのが頼もしい。

今もどこかで営業していないかと調べたのだけど、見つからなかった。馬賊鍋も、なんなのかよく分からない。四里餅は現役で飯能の銘菓として人気だ。へそまんと、並べて食べてみたかった。

たくあんを食べたあとに飲む水は甘いか

紅葉台を下りて茶店で休む。コカコーラ二本、グレープファンタ一本、百八十円。お茶とタクワン一皿サービスしてくれる。コーラを飲んでタクワンを食べたら、どっちの味も相殺されて、無意味のような味となってしまった。

昭和四十二年八月十九日【中】

たくあんを食べたあとに飲む水は、甘い。

それを発見し、妹と盛り上がったのは小学生の頃だった。砂糖や果物の蜜のような脳に迫るからみつく甘さではなく、つっかかりなく喉に抜けるように薄ら甘いのが独特だった。あの味を再現したくて、大人になってからレポート記事を書く仕事を通じて試してみたことがある。

あちこちのスーパーで何種類ものたくあんを買い、食べては水を飲んだ。けれどこれが、記憶のように甘くは感じないのだ。

漬物業界の方に話を聞いたところ、たくあんの塩分濃度や糖度が時代とともに変化したことが関係しているのではないかと教えてくれた。そこで、昔ながらの製法で作られているたくあんを手配したけれど、食べて水を飲んでも甘くは感じない。

モスキート音という、中年を過ぎると聞こえなくなる高周波の音があると聞いた。もしかしたら同じようにまだ敏感なうちの子どもにしか感じられない味覚というのがあるのだろうかと、子どもにも試してもらったけれど、べつに甘くはないと言う。

私と妹のかつての盛り上がりはいったい何だったのか。わからない思いでいたところに、味覚の専門家から情報が入った。甘味料として使われるサッカリンという物質に、水を飲むことで甘みを感じさせる可能性があるというのだ。

サッカリンは発がん性が疑われ、いっとき食べ物への使用が禁止されていた甘味料ではあるものの、九〇年代後半になりその疑いが晴れ使用が解禁されている。

店を探してもなかなかサッカリンを使ったたくあんが見つからず、ネットで取り寄せてやっと手に入った漬物で試したところ、まさにあのときの独特の甘味が水に感じられたのだった。

飲み物とたくあんの因縁についてはこのように一家言ある。けれど、コーラを飲んでたくあんを食べたことはなかった。無意味の味とは興味深い。ほんのちょっとした、半径五十センチ以内にまだまだ未知はあるのだと思わされる。コーラとファンタを買って飲むお客に、お茶とたくあんを出す。今の時代の喫茶店ではなさそうなサービスから起きた、マリアージュだ。

実際どんな味がするんだろう。試してみて、とりあえず笑う。思った何倍も、しっかりとして、たくあんとコーラだ。完全にそれぞれが独立して主張し、ひとつの物語として味わう隙がない。単体で飲み食いする以上に、むしろ、たくあんとしての、コーラとしての存在感が全面に出てくる。情報量が多い。

相殺で無になる感覚もとてもよくわかる。ぶつかって両者場外となった結果
そこに何もなくなったように、急に口内が空いた。

正式な自分のごはん、非正式なごはん

私は今朝、海老名の食堂でハムサンドのほかに、主人のカレーライスを半分食べ、野鳥園でそばを食べ、そのほか、正式に自分の分を食べたので、食べすぎたようだ。

昭和四十三年五月二十一日【中】

食事には正式な自分の分と、そうでない分がある。これは極めて重要な指摘だ。正式な自分の分ではない分とは何か。引用にある通り、家族が残した分、イベント的に入り込んできた間食が代表的だろう。

正式な自分の分とは違う分を摂取せねばならないシーンに直面した場合、私などは屈してしまう。正式な自分の分は諦めて、自分の分ではないものを食べるに甘んじる。百合子はそうはしないのだ。ちゃんと正式な自分の分も食べる。あっぱれだ。

これは特殊な事情だけれど、ウェブメディアの編集をしていた私には、食べることが仕事として必要な取材や撮影が、ながらく正式な自分の分ではない食事として存在していた。

胃が小さいため、仕事で食べるべきものは三食のどこかに当てはめるように組む。最初から正式な自分の分を摂《と》ることは諦めて、一食を取材に明け渡す。

取材の一食もさまざまで、限りなく正式な自分の分のように目の前に現れるパターンもある。ちゃんとした一食分のごはんだったり、取材とはいえリラックスして食べられる時間があると、自分の分らしく食べることができる。

いっぽう、食べくらべの企画や新しい料理を開発するような企画など、実験的にごはんを食べる仕事も多く、これはどうにも正式なごはんにはなり得ない。

不思議なことに、食べくらべなど撮影をしながらだと、どれだけ食べても胃ばかりが満腹になって脳は満腹にならない。何が起きたのかわからない様子で、ぼうぜんとしながら集まった関係者が解散することも多かった。

タウン誌のライターをしている方に話を聞くと、私のような経験はまったく序の口らしい。とにかくたくさん食べて書かなければならない。食べて食べて食べまくって、結果体を壊すからむしろ痩せるのだと言っていた。

あくまで自分の分として摂る食事でも、時間がずれることで非正式感が出ることもあるなと思う。朝ごはんは朝、昼ごはんは昼、晩ごはんは晩に食べたいけれど、働いているとそうもいかない。

先日、ひとりで切り盛りしている美容師さんの店に、当日の朝に予約を入れてその足で店に行った。ドアを開けると、美容師さんが、店のソファに座ってパンをかじっていた。

どうやら予約に気づかなかったらしく、朝ごはんを食べていたらしい。私が「すみません！」と慌てると、向こうも「いえ、とんでもない、こちらこそ！」と大慌てして、結局パンをすっとどこか見えないところにしまってすぐに接客に入ってくれて、私が帰るタイミングでもう次のお客さんが来ていたから、あのあと彼女は隠したパンを正式に食べる時間が、あっただろうか。

外でする仕事にだけじゃなく、家事にも正式ではないごはんは存在する。家族のなかで炊事を担当すると、味見が非正式に胃を満たしてくる。これもまた、正式な自分の分とは違う食べ方だ。

正式に、普通に、自分の分をただ食べたい。これは食事にしがらみのある大人が感じるささやかで常並みな希求ではないか。

食べて書く仕事を多くこなしていた頃は、普通の、ただのごはんが本当に嬉しかった。文を書くために体に耳をすませて食べたときの感覚をとらまえたり、味をしっかり確かめなくてもいい。なにも考えずにただ空腹になってテーブルに着いて、目の前のごはんが食べられることが無性にありがたかった。

そうして改めて、百合子が正式ではない分とは別に、正式な自分の分を食べて食べ過ぎていることに感じ入る。

誰に対してでもなく、ざまあみろとちょっと思う。

下着かもしれない危機

山へ戻ると静かで涼しい。台所のドアを開け放して夕食の支度をしながら、雨上りの空を見てやる。女の下着のような藤色の空。

昭和四十五年七月二十二日【下】

物体はときおり、女の下着のようとしか言いようがない瞬間をはらむ。道に落ちたくしゃくしゃの白いタオルや薄い色のハンカチ、木に引っかかって風になびく小さなビニール袋。やわらかくて小さく、淡い色をしたものがどこかで無造作な状態であると、私はいつも、すわ！となる。引用の藤色の空も、おそらくそれはもう完全に女の下着の色だったのだろう。ありありとして目に見えるようだ。

下着でないものに強固に宿る下着性が、強烈にあらわになったのはやはり布マスクだった。

新型コロナウィルスの感染がじわじわと拡大しだしてすぐ、不織布のマスクが市場から消えた。あの頃多くの人たちが布マスクを作って慌ててしのいだわけだけれど、そういうときだからこそ、柄の布を使ったり、色にこだわったりデザイン面で工夫したものが出てきて、なかにはレースを使ったものもあって、それはもう、どうしようもなく逃れられず下着のようだった。

おそらく脳が、あってはならないものがそこにある、危機を予防的に察知して、そうでなかったとしても、そうだった場合にいち早く備えようとしているんだろう。下着ではない。でも、もしかしたら下着かもしれず、だとした場合にどうはぐらかすかを、下着かどうか断定する手前から脳は考えはじめるのだ。と、ここまで論じ上げて、引用の藤色の空は、下着かもしれない危機のもとの発想ではないことに気付かされた。だって空の色だ。

藤色の空は、きっとただ純粋に下着のようだったのだろう。

中学生の娘は、どういうわけか日頃から細かく丁寧に物事を何かにたとえようとしている。今日はいただきもののマーガレットの型で焼かれたフィナンシェを見て「独楽《こま》みたい」と言っていたし、白いキルティングの布のバッグをねだられて誕生日に買ったときは、受け取るや否や上に赤いマフラーを乗せて「お寿司みたい」と言った。ほとんどずっと、そういうことを言っている。

私は比喩にはいつも、意図があると思っていた。ねらい澄まして行う創作か、もしくはコミュニケーションにおける面白み、自分の感情を精査するための思考。わざわざ行うのが比喩だと。

けれど、百合子や娘のように、生きているだけで比喩が湧き出してしまう人たちも、そうか、この世にはたくさんいるのだ。

娘はくしゃみのことを、生物としての生理現象だとは思っていないらしい。口の中に爆発物があるのがくしゃみなんだという。口内で爆発させては危険だから、はくしょんと勢いをつけて外に爆発を放り投げる。自宅などではそれでいいけれど、外ではそういうわけにはいかず、音が出ないように噛みころす。あれは不発弾として未然に爆発を処理している、ということなんだそうだ。

比喩というよりも、本当にそういうものとして捉えている、ということかもしれない。

男がいて嬉しい

九時、山に戻る。灯りという灯りを全部つけた、谷底に浮んだ盆灯籠のような家に向って、私は庭を駈け下りる。むろあじを焼いて冷たい御飯を食べた。主人は生干しのいかを焼いて、それだけ食べた。食べながら、今日見てきたことや、あったことをしゃべくった。帰って来る家があって嬉しい。その家の中に、話をきいてくれる男がいて嬉しい。

昭和四十四年十一月六日【下】

そこここに、人の愛のことが書いてある。

人の愛は、あるなとわかったら、できれば触れずにただ感じ取るだけにしたい。注意深くデリケートに大切に扱う態度で、遠慮してうんぬんせずに、神聖なものとして保管したい。語れば語るほど本質から離れていってしまう類のことのように思う。

それでもひとつ、際立って感じられ私の感覚とも強く共鳴するトピックとして挙げたいのが、百合子の持つ強い異性愛だ。

百合子は泰淳の妻で、好きで一緒にいる。ユニークな個への愛があると同時に、共生者の男性性にシンプルに積極的にときめいているのが文章のあちこちにあらわれていて伝わる。引用は、朝からひとり、百合子が車で伊豆の下田へ行った日の日記の最後の部分だ。

男がいて嬉しい。

この感覚は、その人が好きであるということと別に並走する、もっと野生的で逃れられない感覚だと思う。

性的に指向がある人（アセクシャルでない人）は、どうしても個と同時に性を求める。「彼女がほしいなあ」とか「どっかにいい男いないかね?」といった大雑把な発言は、大雑把であると同時に切実さも十分だ。

指向する性に執着するのは、単純に性欲の問題ではない。〝帰ってくる家があって嬉しい〟、そしてそこに〝男がいて嬉しい〟。本当に、ここにその全部が書いてある。根源的かつ本当で、これこそが感情だと思うのだ。

私は女性でヘテロセクシャルで、はじめて男性の恋人ができたとき、なるほどこれが男がそばにいるということなのかと目の覚める思いがした。

猫背で天然パーマでちょっと地味な雰囲気で、気が弱そうに見える反面、実は自信家で、はちゃめちゃにピアノがうまいのがかっこよくて好きだった。

ひとり暮らしの人だったから、よく家に遊びに行った。それこそ、そこにいて嬉しかった。ひまな日があれば行って話した。

ひとりの人とパートナーシップを結ぶことが、自分にとって先天的な感覚なのか、それとも人間の文化として知って実装した後天的なものなのかはもはやわからないのだけど、自分のとなりにひとつ空いていた席が温かくうまった安心を、このときはじめて感じた。男がいて嬉しかった。

自分や友人が、それまでのパートナーシップを解消してしょんぼり元気をなくしているとき、はげましの言葉はどうしても「私たちがついてるよ」くらいしか言いようがない。言いながら、その役立たなさはいつも痛切だ。私たちがついているなんて言っても、恋人の代わりには〝私たち〟は絶対になり得ない。無力感と気の毒さを、隣の席が空いてしまったばかりの友達の背をなでながら思うし、私がなぐさめられる側の当人でも、いくら元気付けられても悲しみは悲しみのままだと感じてしまう。

相手の男（女）でなければ、満たせない大きなものがあることを私たちはどこまでもよく知っている。知りながらとぼけて、私たちがいるから大丈夫、ペットが、ぬいぐるみが、推しがついているよと、そうやって虚言でなぐさめる。となりに座ってくれた、大切なはずのピアノの恋人だけど、あいまいに離れ離れになった。留学した彼にあてた私のメールの内容はあまりに雑で、すれ違ってそれっきりだった。

愛のことも恋のこともまるでよくわかっておらず、ただぽかんとだけして、悲しみとしてとらえそこねた虚しさが不思議だった。

新しくてわからない世の中

河口湖郵便局へ、朝日新聞書評原稿速達便。郵便番号制度となったので番号簿を見る人で混んでいる。局員が説明してもよく判らないらしく、一人ずつがなかなかなか終らない。

昭和四十三年七月三十一日【中】

郵便事情のような生活に密接する事柄の変遷が、日常に溶け込んで、語ったり論じたりするつもりなく描き出される。これに触れられるのは、時代を超えて他者の日記を読む醍醐味《だいごみ》だ。

郵便番号が日本の郵便に導入されたのは昭和四十三年、一九六八年の七月一日のことだった。学生運動が盛んな頃、三億円事件が起きた年だ。だいたいこの十年後に生まれる私にとっては、すごく昔のような、でもちょっとぎりぎり手の届く時代の気配がある。なお、この当時の郵便番号は三桁、もしくは五桁だ。

郵便局にやってきた人々は、その住所に付与されている番号を番号簿から見つけて宛名の上に書かねばならなくなった。説明されても「よく判らない」、というのはどういうことだろう。番号簿の見方がわからないのか、そもそもなんで必要なのかが不明なのか、それともそれぞれの住所にどうやって番号が割り振られているのか不可解なのか。

郵便局の様子をさっと観察して書かれた一文からは、郵便番号導入という、郵便制度においては大きなブレイクスルーを経験する人たちの、思わぬ自分ごととしての困惑が伝わる。

令和の今だったら人々はもうちょっとドライなような気もするのだ。たとえば、郵便局があらたなシステムを導入しました。これからは、ご自身のスマホにQRコードを表示させ、それを郵便局にある端末にかざして伝票を出力し、差し出す郵便物に貼り付けてください、と、言われたところでそれなりにみんな粛々と、迷いながらも郵便局が混雑するほど混乱もなく対応するんじゃないか。というか、そのシステム、もうあるな（ゆうプリタッチ）。もしかすると、どういう仕組みで動いているのか利用者側にはよくわからないシステムが、当時はまだ少なかったのかもしれない。だから、なんの番号なのかよと思うし、これを書くことにどんな意味があるのかと不明で混乱する。

ゆうプリタッチでも何でも、はいはいと、訳のわからないまま、けれど言われた通りにやっていないと今やすべてを仕組みから理解して利用することは難しい。

だって、スマホに指を当てると電話ができたり、スマホに表示されるバーコードをかざすと買い物ができたり、スマホにカードをかざすと確定申告ができたりするのだ。なんだ、全部スマホだな。なにしろ、黙って従うことに私たち未来人は慣れて、黙って従わないと普通にはもう暮らせない。

ところで、黙って従うというと、私にとってその最たるものが飛行機だ。なんで飛行機が飛ぶのか毎度ぜんぜん理解できず、乗るたびに新鮮に嘘だと驚く。無知だからだろうと思いながらも、いや、たとえ私が物理学の天才にもしなったとしてもそれはそれで、（あ、本当に理屈通り飛ぶんだ）と、現実にまさかと驚く自信があるし、そういう物理学者に私はなりたい。

で、それでも飛行機には、乗る。早くて便利だし、空は高くて面白いからだ。

思えば、郵便番号の歴史よりもずっと、旅客機の歴史の方が古い。

六〇年代にはもうジェット旅客機が国内便で就航し、高額だったとはいえ一般に飛行機での移動が広がったのは一九六四年の東京オリンピックが契機だ。郵便番号というものに新しさと不明と面倒さを感じながら、飛行機で移動することには慣れつつある、そんな世の中のフェーズがあったわけで、味わい深い。

郵便番号は、このあと一九九八年、平成十年に七桁に変わる。この変更は当時十九歳だった私もよく覚えている。変更にあたって大きな混乱はなかったように思うのだけど、郵便局に行けばそれなりにざわつきがあったかもしれない。日記をつけておけばよかったと思うのは、やはりこういうときだろう。

あのとき、郵便番号五桁分の赤い枠の入った封筒やハガキはまだ世の中にたくさんあって、七桁になって新しくくっついた下二桁は、五桁の下二桁の下に書いた。とくに、なんで桁が増えるんだろうなどとは、思わなかった。

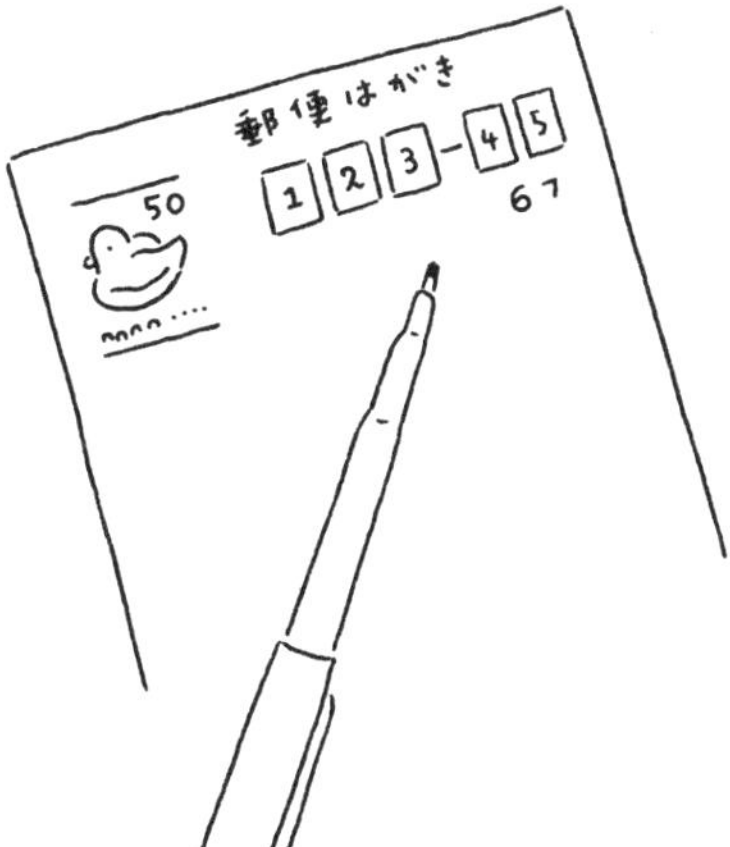
郵便はがき
50
123-45
67

するときが好きだ

ポコはグリンピースの御飯を大喜びで食べる。動物が下を向いて御飯を食べているとき、その頭を撫でていると気が和む。しゃがんで動物に御飯をやるときが好きだ。

昭和四十一年四月二十日【上】

日々には、とりたてて誰かに言うこともなく、自分だけで個人的に味わう好きなひとときがあるものだよなと、引用を読んで気付かされた。和んだり、癒されたり、ポジティブな気持ちになっても、それを、ああ、この時間が好きだなあと言葉にすることはなかなか難しい。動物がごはんを食べているさまを眺めることに癒されたとして、それを「しゃがんで動物に御飯を

するときが好きだ

やるときが好き」と自分を観察するように見つけられるだろうか。極めて機微らしいことだと思う。

それで私もいっとき、目をぎらぎらさせて私の好きなときを探してみたのだった。

朝の食パンの「ばごっ」が、もしかしたらそうかもしれない。

うちでは基本的に常温で食パンは保存しない。買ってきたらすぐに袋のまま冷凍庫に突っ込む。毎朝私と娘は八枚切りを、息子は六枚切りの食パンを食べることにしていて、だから冷凍庫には八枚切りと六枚切りの食パンの袋が入っている。つねづね食パン二袋分のスペースを冷凍庫に確保している。他の食材がはみだして少し狭くなるときもあるが、むりやり入れる。

朝起きて台所に登場した私は、まず冷凍庫からずんと二袋の食パンを取り出す。その様子はまるで子どもの頃に紙芝居で見た、山賊が狩ったうさぎの耳をつかんで運ぶようだ。で、この冷凍した食パンをトースターに並べるのだけど、凍った食パンはかちかちになってくっついている。ばごっと剝がしてトースターに並べる。このばごっが気持ちよくて好きだ。これは癒される、和むといった精神的な良さとは違う、フィジカルな快感という意味での好き、だろう。

私と息子はマウスウォッシュのリステリンの愛用者で、朝晩歯磨きの際、口をゆすぐ。リステリンのキャップは適量が計れる溝があって計量カップ代わりに使えるようになっていて、注ぐとキャップにくちびるをつけないようにして口に含む。ぐぶぐぶ口内にリステリンをいきわたらせながらキャップを閉める。ある日、息子に「キャップを閉める前に残った液を切らないと」と言われた。何もせずにキャップを本体にかぶせてしまうと、キャップに残った液がボトルの側面に垂れてボトルがべたべたになるよ、と言うのだ。こうやってさ、と息子はキャップをシンクに振って残った液を切ってみせてくれた。なるほど……。以来私もそうしている。このチャッとキャップを振るさまは、ラーメン屋の湯切りみたいだ。どちらかといえばこれもまた身体的な快感か。

近頃、コワーキングスペースで仕事をしている。利用者が無料で使える給湯コーナーがあって、ウォーターサーバーで水を入れるときにパネルのボタンで冷水かお湯を選ぶ。お湯はそれなりに高温が出るためチャイルドロックがかかっていて、給水ボタンを押す前にロックの解除ボタンを押す必要がある。押すと「チン」と音がする。私はいつもまずカップに半分冷水を入れて、それからロックを外して（チン）、あとの半分にお湯を入れる。飲むときに体をびっくりさせないようにわざわざぬるま湯にするのが、ライフハック的で得意な気持ちになるし、自分へのいたわりが感じられて好きだ。

朝、ゴミを集積所へ出しに行くのは息子の担当だ。可燃ゴミと古紙回収がある火曜日は、可燃のゴミ袋、古新聞、雑紙、ダンボールのすべてを一回で持ち出そうとするから両手両脇がいっぱいになる。少ない日はひとりでなんとかして出かけて行くのだけど、多いと文字通りの意味でひとりでは抱えきれなくなり、玄関から「おねがいしまーす！」と呼ばれる。出て行って、ゴミ袋や古紙の紙袋を持った息子がひらいた脇にダンボールを差し込んではさんでもらい、玄関の扉を開けて通す。私たちのお馴染みのコミュニケーションであり、同居の共同性が感じられて嬉しい。

凍った食パンをばごっと剝がす、リステリンのキャップから残った液をチャッと切る、お湯のチャイルドロックを押す（チン）、息子の脇にダンボールをはさむ、思ったよりも好きらしい時間を見つけることができた。

ルーティーンのなかには細かく細かく、たくさんのいつもの行動がある。繰り返しのことだと、好きだとか苦手だとか、だんだん感じにくくなっていく。「しゃがんで動物に御飯をやる」ことに、ここ、と矢印をつけて好きと言えるのは稀有だと思う。

それくらい、日常というのは人に構ってくれないものだ。

食べ物の不安

十二月二十七日　くもり、小雪降る
十時まで、眠ってはさめ、眠ってはさめ、安心して眠りつづけて、起きる。ビーフシチューが鍋にできているから安心だ。外はくもり、あられのように、霜のように、うっすらと地面に白いものがある。

昭和四十四年【下】

朝、目を覚ますけれど眠って、また覚めて、眠る。そんなときにビーフシチューが鍋にできていたらどんなに安心だろう。

食べ物がいつも不安だ。

野菜を買えば腐る前に使い切れるか恐ろしいし、加工食品も消費期限前に食べてしまえるか緊張する。使えたとしても、ちゃんとおいしく調理できるのか、プレッシャーを感じる。

台所から家族の体に入るまで、食べ物をコントロールすることにいつもどこか自信がない。

祖父母の家に居候していた頃、祖父へよくお中元やお歳暮が届いた。ありがたくうれしいことだけど、贈り物が食べ物だったら届けば届くだけ悪くなる前に食べてしまわねばならない。

その頃、堺正章さんとの離婚について元妻である岡田美里さんが会見で話すのをテレビで観た。とても有名な話だけれど、岡田さんは離婚理由のひとつとして、堺さんあてに大量に届くお中元やお歳暮の食材を傷む前にどう食べ切るかばかりを考えて、自分の好きな物が食べられないことに悩んでいた、というようなことを話したのだった。贅沢な悩みだと大変なバッシングがあったようだけれど、堺さんほどの著名人ともなると贈り物の量は半端ではあるまい。祖父宛のお中元やお歳暮を目の当たりにするくらいの私でも共感したのだから、それなりに本質的に切実な話なんじゃないか。食べ物は、喜びと不安と安心のあいだで揺れる。

子どもたちがまだ小さかった頃は、よく近所の友人らと持ち回りで家に集まることがあって、私たち家族の家にも何度も来てもらった。人が来るのはとても嬉しくて好きだけど、料理を用意することに頭が爆発するほどパンパンになった。ひとり一品持ち寄りでと決めても、それでは足りるか前日の夜くらいに急に不安になる。朝起きるなり体が燃えるようで、作るものや段取りはおさらいしてあり十分時間もあるはずなのに、まるで落ち着かなかった。人に食べ物を振る舞わねば、上手に揃えねばという気持ちの焦りは、私にとって他の焦りの比ではない。

三歳下の妹が、高校生くらいの頃「みかんは怖いから苦手」と言った。個体によって味に偏りがあって、甘酸っぱいのではなく薄ぼんやりしてすかすかしたあまり美味しいとは言えないものが混ざっていて、けれど剝いてしまえば責任を持って食べねばしのびない、だから怖いということだった。実際美味しいかどうかはもちろん、自分が美味しいと思えなかったらどうしようという種類の不安だ。これも気持ちはよくわかる。

　ここ数年、夕食のメインのおかずにミールキットというのをよく使う。うちでは生協で頼んでいるが、スーパーでも売られているようだ。カットされた肉や魚、野菜と調味料がレシピと一体になったもので、開封してレシピの通りに炒めたり煮たり火を通せば一品がしゅっとできあがる。

　普段は週に三日分のミールキットを注文し、まとめて届けてもらうと、届いた当日から三日間、夜に調理して食べる。調理の楽さはもちろん、メニューに悩まなくてもいいのに決定的に助けられている。

　ただ、どうしてもネックは消費期限なのだった。生の肉や魚が入っているから消費期限は短い。頼んでいるのは冷蔵品で、さまざまな食材が一体になっているためそのまま冷凍してしまうようなことができない。とにかく届いたら三日間のメニューが決まる。もう慣れたけれど、最初のうちはじんわり緊張した。

　贅沢や利便すらプレッシャーに変わり得るのが食べ物だ。

　食材は生きている。単に有機的だというだけじゃなく、八百万《やおよろず》の神的な、もったいない精神的な、スピリチュアリティも躍動する。絶対に無駄にはできないという意地と、いかんともしがたいアンコントローラブルさのあいだで私はいつもおろおろしている。

ビーフシチューがあって安心して眠る朝には、食べ物のすべての不安からいっときではあっても解放された自由さを感じる。いい景色だなあと思う。なんだかちょっと泣きそうになるくらいだ。

きっともっとゆっくり死んだろう

午後口述筆記。両隣りとも人が来ていて、林の中で声がしている。口述筆記しているうちに、主人めまいがして、窓のところまで何故かやってきて、しゃがんでしまう。それから私の頸のところに倒れかかってくる。首すじと背中をゆっくりさすっていると「治った」と言って、またテラスに出たりする。顔色が蒼い。「動くとダメ。方々に頭ぶつけるよ」と叱って、食堂のソファに横にする。

昭和五十一年八月二十二日【下】

泰淳は昭和四十六年に脳血栓で倒れたあと、一時的に執筆業を休業し、復帰後はすべての作品を百合子を介した口述筆記で執筆した。

もともと、日記が書かれ始めてすぐの時点で歯が少なく物が嚙みづらいらしいことが書かれ、また絶え間なく酒とたばこを摂取していることにも現代のやわな感覚だと「大丈夫か」と思ってしまうわけだけど、仕事が口述筆記になったことがわかるあたりからは目に見えて、健康体ではもはやないことが伝わる。それまで一年を通して赤坂と山荘を行き来していたのが、この頃から山荘通いは体調を慮って厳寒期を避けた晩春から秋のはじめまでになる。

生活もいよいよ全般を百合子に頼るようになり、百合子は忙しさから「日記をつけるのが面倒くさくなった」と、日記公開時に加えた附記に書く（下巻）。実際、昭和四十九年八月から昭和五十一年六月までの約二年間の日記は無い。

それでも泰淳は「病を飼馴らし」ていった。引用した五十一年の夏には日記も復活し、そうしてその秋、泰淳は亡くなる。この頃の日記からは、飼馴らすも体調がぎりぎりであることがわかる。百合子も泰淳のことを構わず「病人」と書いている。

『富士日記』を今読もうとすると、多くの人が中公文庫の上中下巻を手にとることになるはずだ。上巻、中巻とは雰囲気が変わり、下巻は泰淳の体調不良とともにある生活が描かれる。山荘での暮らしや日記の執筆頻度自体に、淡々としたものではない、この家の変化があらわれる。

私は敬意を払って、死を死と呼びたいという願望を持っている。心を決めたときだけは、亡くなったとか、世を去ったとかではなく、ストレートに死んだと書き表したい。と、前置きをして書く。

泰淳は『富士日記』を通じ、ゆっくり死ぬ。

日記を書いて発表していると、たまに読者の方に、自分も生活を記録しておけばと思わされた、とお伝えいただくことがある。書いていなかったから、覚えていることがあまりにも少ないのですと。

それを受けて私は、生きっぱなしにする、過去を書きとめることなくただ前へ進むことも、それはそれで贅沢ではないですかと返す。これは励ましとか慰めとかでは決してなくて、実感を持ってそう思う。

私は日記が好きで、毎日をじっとりと観察して、これはと思うことがあったらすかさずメモをとる。あっ、今の覚えておきたい、おもしろいと思ったら飛びついて書きとめるわけだ。なかなかさもしいなと思う。こういった行為には人生をネタにしているようで気がとがめるという声も聞いたことがあって、まったく同感だ。それでも私は日記を、文を書きたいから、観察するし、書きとめもする。日記に書くまで覚えていればいいのだけど、なんでもすぐに忘れる自分のことなどまったく信用できない。

百合子は日記を書くためにメモはとっていないように見えるし、日記を書く習慣がある人のなかにもメモ勢と非メモ勢はいるから、メモうんぬんについては私の話でしかないのだけど、なにしろ、日々をじっくり書く、書かないの差は、単純にストックとスルーとして違いが出てくる。

ストックすれば記憶が残る。スルーには刹那的に生きる贅沢さがある。どちらにも魅力がある。

日々を記録しストックすると、あとで当時の時間がゆっくり感じられる効果がある。死にゆく日々が記されたことで、泰淳はゆっくり死んでいくのだ。

私は自宅介護で父方の祖父を見送った過去がある。当時は日記を書く習慣が一切なかった。介護したのは主に祖母で、私は共に寝起きをしてたまに手伝い話しかけた。ほとんどは見守るだけだった。もしあの頃に日記をつけていたらと思う。祖父は私の中で、きっともっとゆっくり死んだだろう。

昭和五十一年の九月九日に泰淳は山荘を後にし、戻ることはなかった。日記はその後、東京の生活を記して九月二十一日まで続く。それまでは東京のことは出発の日くらいでしかほとんど記されなかったのだけど、書き続けられた。

附記にこう説明されている。

眠っている間は何をしたらいいか、気分がざわざわするので、また、日記をつけはじめた。（昭和五十一年九月附記）

日記が九月九日で終わらなかったことが、没後の現在からは、まるで生をつないだように見える。ただ単にそう見えるだけ、それだけのことだが、記録は時間をゆっくりさせる、そういうことだ。

遠くのあなたの装いを

今日のデモに花子は出かけたかな。滑らない転ばない、いい運動靴をはいていったかな。

昭和四十五年六月二十三日【下】

私が見ていないところで思案する、あなたはいつもいじらしい。今日は寒いから厚手のセーターを着ようとか、このズボンにはこのシャツが合うんじゃないかとか、髪はたらそうか、上げようか、かばんは何がいいか。装いは〝思案〟がそのままその人の表面にあらわれるから、いじらしさもひとしおだ。

とくに育てた子にはそう思うものかもしれない。かつて子が幼い頃は私が思案し着せたのだ。暑い日は涼しいものを、寒い日には暖かいものを着せた。学校の遠足のしおりには服装欄に必ず「履き慣れた靴」と書いてある。しっかり歩ける靴を履かせて送り出した。

親が子の装いの面倒を見るのは、それなりに早い段階に終わるものだ。気が付けば、子は自分で勝手に考えるようになる。

そうして子どもは、私が見ていないところで思案する。いじらしい。

引用では、いい運動靴をはいていったかなと案じて思いを及ばせる。行き先が、遠足ではなくデモというところに角度がある。

昭和四十五年のデモってなんだろうと、和暦を西暦に直してみたら一九七〇年だったからはっとした。七〇年安保だ。六月二十三日は、一九六〇年に調印された日米新安保条約が自動延長となったその日だった。明治公園から日比谷公園までデモがあったというから、花はこれに参加したのだろうか。

この日の日記の引用部分より前には、近隣に山荘を持つ作家の大岡昇平の娘の〝トモエさん〟が出てきて、学校がストライキで休みだと話している。この〝トモエさん〟は、のちの児童文学作家の長田鞆絵だ。長田は東京女子大学短期部を卒業している。このストライキも安保闘争にかかわる学生運動によるものだとわかる。

私は自分で自分の装いをなんとかするようになってからもうずっと、靴擦れを作ってばかりいる。小中学校の頃はそれこそ運動靴しか履くことがほとんどなかったから靴擦れは新しい靴を履いたときに作るくらいだったけれど、高校に上がってローファーを履くようになると、足の皮膚が弱いのか、よく靴擦れするようになった。草履、下駄といった鼻緒のタイプの履き物や、パンプス類、皮のぶあついブーツや靴なども履くたびに靴擦れができ続ける。

同様に、靴底で地面をつかみかねてつるんと滑ることもやけに多い。運動不足がたたってか、よくつまずきもする。

比喩ではなく実際として、おぼつかない足元で生きているなあと思う。誰も見ていないところで思案して、靴擦れに絆創膏を貼って、滑って転んだあとで靴底に滑り止めの加工をして、つまずいてよろけて持ち直している。

子どもだけじゃない、私も十分いじらしい。

あとがき

どこを引用するべきか、手探りしながら四十七箇所をピックアップした。読みどころの多さに、これで足りたとはまったく思わない。勝手をして、私に書けることがあるかどうかを基準に選んだと白状する。

かねてから『富士日記』をご愛読の方であれば、あのエピソードに触れないのかと、あれもあれもと、数えて驚かれたかもしれない。象徴的な箇所には畏れから触れなかったのですと恐縮しつつ、細かい表現にこそ目を光らせる楽しみをお伝えしたかった意図も、実はある。

日記文学は、暮らしのなかの言うほどではないことを描きながら、そのささやかなまぶしさでもって私たちを興奮させてくれる。『富士日記』はまさにその集積であり、どれだけ噛み締めて味わっても、いくらでもいつまでも新鮮だ。

いっぽうで、日記だからこそのドラマがあって、淡々とした繰り返しだけでは許されない本物の人生が、圧倒して迫るのもこの作品の魅力なのだった。

本書をご覧のあとはどうか、『富士日記』そのものを手にとって日々を書き留める手つきのあざやかさと同じくらい、人生そのものの重量にもかつ目してほしい。

これは偶然そうなったのだけど、本書刊行の二〇二五年は武田百合子の生誕百年にあたる。節目の年にこのような文の集まりを発表できたことは、勝手にやったわけではあるけれど、それにしたって今後一生かかえていく光栄だ。あとがきである。謝辞を述べるのか。私がまさか、武田百合子に。

いい本になった。とびきりいい文が書けた。自信のない人生をやってきた私の全身がみなぎった。書きながら、もう誰にも毀損させないと泣いた。武田百合子のおかげでしかない。

ありがとうございます。

古賀及子

こが ちかこ

エッセイスト。
一九七九年東京都生まれ。
著書に『ちょっと踊ったりすぐにかけだす』
『おくれ毛で風を切れ』(ともに素粒社)、
『好きな食べ物がみつからない』(ポプラ社)、
『巣鴨のお寿司屋で、
帰れと言われたことがある』(幻冬舎)など。

本書は素粒社 note (https://note.com/soryusha) に連載の
古賀及子「おかわりは急に嫌　『私と富士日記』」を改稿し、
書き下ろしを加えたものです。

おかわりは急《きゅう》に嫌《いや》
私《わたし》と『富《ふ》士《じ》日《にっ》記《き》』

2025年4月28日　第1刷発行

著者
古《こ》賀《が》及《ちか》子《こ》

発行者
北野太一

発行所
合同会社素粒社
〒251-0003　神奈川県藤沢市柄沢471-25
電話：0466-66-9140　FAX：042-633-0979
https://soryusha.co.jp/
info@soryusha.co.jp
ブックデザイン・イラスト
鈴木千佳子

印刷・製本
創栄図書印刷株式会社

ISBN978-4-910413-17-4　C0095